KARSTEN KREPINSKY

Spreeblut

Zum Buch

An den Ufern der Spree macht eine unheimliche Kreatur Jagd auf Frauen. Die Entführungen werden nicht beobachtet, die Leichen ihrer Opfer nie gefunden.
Als die Enddreißigerin Ana am Alexanderplatz auf eine der Vermisstenanzeigen stößt, die überall in der Stadt zu finden sind, wird sie von einem geheimnisvollen Mann angesprochen. Jan scheint mehr über das Mysterium der verschwundenen Frauen zu wissen, als er zugeben will …

Für Isolde, Jonas und Luisa

*»… dieses Streben – ist es nicht von wahrer Größe? Und
immer, immer sucht sich das Leben seinen Weg.«*

Eingeritzt auf einer Bank in der Nähe der Zitadelle
Spandau

Prolog

Ich bin 163 Jahre alt. Zumindest ist das die Anzahl der Morde, an die ich mich erinnere. Für jedes Jahr ein Menschenleben. Ich habe keine Mutter und keinen Vater, die mir erzählen können, wann ich geboren wurde; keine Großeltern, die mir sagen, woher ich komme. Kein Familienporzellan, das ich weitergeben kann. Kein einziges Erbstück. Nichts. Ich definiere mich einzig und allein über die wundervollen Menschen, deren Leben ich geraubt habe.

Meine ersten Erinnerungen gehen zurück auf den Frühling 1836. Die Strahlen der Sonne ließen die Maiglöckchen erwachen, erhellten das zarte Grün der Wiesen. Die Knospen sprossen, und auch ich erwachte aus meinem Schlaf. Entlang eines unbedeutendes Feldweges, irgendwo in Böhmen. Damals, zu einer anderen Zeit, als Napoleon aus den Deutschen Landen geworfen und die Doppelmonarchie Österreich-Ungarn den Südosten Europas beherrschte. Es war ein Wanderer, der mein Erwachen einläutete. Ein Habenichts. Beileibe kein vornehmer Herr mit Zylinder. Einen Rucksack hatte er sich umgeschnallt, die Hose war von Flecken übersät. Unbekümmert schien er zu sein und voller Tatendrang. In diesem unbändigen Verlangen, das Leben als ein Versprechen wahrzunehmen. Gierig, jede Sekunde seines Daseins aufzusaugen. Ich kenne nicht den Namen dieses jungen Mannes, der in meine Fänge geriet. Vielleicht war es ein Vagabund auf Wanderschaft. Er war athletisch und jung. Eigenschaften, die mir nützlich waren und immer noch sind. Denn trotz meines biblischen Alters erfreue ich mich bester Gesundheit. Abgesehen von ein paar Dutzend Virusinfektionen und einem äußerst lästigen Pilzbefall in meiner Jugend war ich niemals krank. In meinen Vierzigern und Fünfzigern hatte ich die eine oder andere Schwächeperiode zu überwinden, wenn ich mich recht erinnere, aber spätestens seit den Achtzigern scheint mein Körper eine vollkommene Resistenz gegenüber den Keimen, Viren und sonstigen Parasiten entwickelt zu haben. Ein mit der Zeit optimiertes Abwehrsystem, das mit den Gefahren, die das Leben mit sich bringt, umzugehen vermag.

Die Frühlinge kommen und gehen, Jahrzehnte schmelzen zu Augenblicken zusammen. Rastlos bin ich auf der Suche danach, mich zu perfektionieren. Wir schreiben das Jahr 1999 und wieder steht ein Umzug an. Nach Berlin, in diese wunderbare, pulsierende Stadt, in der ich zuletzt in den Dreißiger Jahren lebte. Wie ein Teenager, der in sich die Zeit der Veränderung spürt, fühle auch ich, dass das Ende des Jahrtausends einen Wandel einläutet. Ich bin so voller Tatendrang, da es zu meinem Leidwesen immer noch Dinge gibt, die mir nach all den Jahren der Entwicklung fremd geblieben sind. Eigenschaften, die ich noch in mir aufnehmen muss. So bin ich nicht dazu in der Lage, die großartigste aller menschlichen Emotionen zu spüren: die Liebe. Welche Männer wie Frauen zumindest für eine kurze Zeit so glücklich werden lässt. Auf dass sie erstrahlen und alles um sich herum vergessen. Wohl ist mir bewusst, wann es angebracht ist zu lachen oder zu weinen, doch tief in meinem Inneren verstehe ich auch diese Gefühlsregungen nicht. Ich kann lediglich versuchen, sie nachzuspielen. Vortäuschen, auch wenn ich innerlich kalt bleibe. Mein Verlangen, nach über einhundertsechzig Jahren Liebe zu empfinden, mit dem Kosmos vereint zu sein, wie ich es einmal gelesen habe, ist unendlich groß. Die Liebe ist der Schlüssel zu allen anderen Gefühlen – das steht zweifelsfrei fest. Und ich werde dieses zuckersüße Geschenk von denen rauben, die dieses Gefühl im Überfluss in sich tragen: den Frauen. Nachdem ich die Kraft und die Stärke von den Männern gestohlen habe, werde ich die Liebe aus ihnen herauslösen. Frauen werden im neuen Jahrtausend meine Opfer sein.

1

Berlin, 22. März 2014, U-Bahnebene am Alexander-platz, 0:40 Uhr.

Nervös drehte sich die junge Frau um, als sie mit der Rolltreppe zum Bahnsteig der U-Bahnlinie U5 hinabfuhr. Zu ihrer Erleichterung war aber niemand hinter ihr. Nur Sekunden später gelangte sie in die großzügig angelegte unterirdische Wartehalle, die von Jugendstillampen an der Decke hell erleuchtet wurde. Glänzende grüne Kacheln an den Wänden, war der Haltebereich der U-Bahn sauber und aufgeräumt. Zu ihrem Leidwesen ließ sich jedoch das Sicherheits-personal der Berliner Verkehrsbetriebe nicht blicken. Auch der Kiosk auf dem Bahnsteig hatte zu dieser späten Stunde längst zugemacht. U-Bahnhöfe waren in der Nacht kein Ort für eine Frau Ende zwanzig, die alleine unterwegs war. Dessen war sich Claudia Junghans bewusst. Sie ertastete mit den Fingern die kalte Dose des Pfeffersprays, das sie immer in ihrer Handtasche griffbereit bei sich trug. Nur keine Angst zeigen. Claudia tröstete sich damit, dass es nicht die U8 war, die sie nach Hause bringen würde. Hauptsache nicht nach Kreuzberg fahren, dachte sie. Nicht um diese Zeit. Von den Gruppen von jungen Männern, die am Bahnsteig herumlungerten, mit verächtlichen Blicken bedacht zu werden, um ab und an ein zischendes *Bitch* an den Kopf geworfen zu bekommen. Wenn man Glück hatte, und es bei derartigen Beleidigungen blieb, erschauderte sie.

Letzte Woche war es zu einer Gruppenvergewaltigung direkt am Hermannplatz gekommen. Die Männer hatten die Frau am Ausgang des U-Bahnhofs überwältigt und in einen Hinterhof geschleppt. Niemand war ihr zu Hilfe geeilt, als die Täter fast eine Stunde lang immer wieder über sie herfielen. Claudia lief ein kalter Schauer über den Rücken. Sie passierte schnellen Schrittes den Engpass, an dem die Treppe auf den Bahnsteig der U-Bahnlinie 5 führte. Normalerweise musste sie nicht am Alexanderplatz umsteigen, diesem von ihr so verhassten Verkehrsknotenpunkt, doch die oberirdische Stadtbahn war wegen einer Baustelle am Ostbahnhof unterbrochen. Da sie am Treptower Park wohnte, blieb ihr nichts anderes übrig, als mit der U5 bis zur Frankfurter Allee zu fahren, bevor sie dort in die Ringbahn umstieg. Vielleicht hätte sie das Angebot ihres Freundes nicht ausschlagen sollen, der sie von der Orchesterprobe mit dem Auto abholen wollte. Aber nach dem Streit von gestern hatte sie einfach keine Lust darauf, ihn zu sehen. Claudia bereute es wieder einmal, selbst keinen Führerschein zu besitzen, schnaufte tief durch und zog die Gurte des Geigenkastens enger, den sie auf dem Rücken trug. Ende zwanzig war kein Zeitpunkt, sich endgültig zu binden. Ihre biologische Uhr tickte nicht. Noch nicht. So genoss sie es unendlich, unabhängig zu sein und sich mit ihrer Mitbewohnerin eine eigene Wohnung zu teilen. Jenni konnte sie aber jetzt auch nicht anrufen. Die war zu einer Theatertour quer durch Deutschland aufgebrochen. Claudia war auf sich allein gestellt. Wie so oft in ihrem Leben. Sie musterte neidisch ein

Pärchen, das, ineinander verschlungen, vor einer der grün gestrichenen Metallsäulen stand. Die beiden waren frisch verliebt, wie ihre heftigen Liebesbekundungen bezeugten. Beäugt wurden sie nicht nur von ihr, sondern auch von mehreren jungen Männern. Die begafften die beiden Turtelnden geradezu. Halbleere Sternburger Pils in den Händen, wie es in Berlin im öffentlichen Nahverkehr geduldet wurde. Vielleicht einer der wenigen Orte weltweit, wo man zu vorgerückter Stunde eher auffiel, wenn man keine Bierflasche dabei hatte. Berlin war anders. Anarchistischer als der Rest der Republik. Verbote wurden hier umgangen. Dafür liebte Claudia diese Stadt. Es war einer der Gründe, warum sie vor vier Jahren aus der verschlafenen hessischen Provinz umgezogen war. Nur um diese Uhrzeit konnte sie dem Moloch Berlin nichts mehr abgewinnen. Nicht ohne männliche Begleitung. Claudia betrachtete mitleidig einen Betrunkenen, der ungelenk in einen Döner biss. Der Rotkohl und das Dönerfleisch rieselten zu Boden, und fast verlor er das Gleichgewicht. Besoffene pöbelten häufig, stellten aber meist keine Gefahr dar, stufte sie blitzschnell die Lage ein. Üblicherweise überschätzten sich Männer, besonders dann, wenn sie tranken. Irgendetwas hielt sie aber meistens zurück, Frauen zu begrapschen. Zumindest in dieser nüchternen Umgebung mit dem grellen Licht. Vielleicht wussten diese benebelten Testosteronbomben dann instinktiv, welch kläglichen Anblick sie boten. Claudia stellte sich in die Mitte des Bahnsteigs und zog ein Buch aus der Umhängetasche. »Sakrileg« von Dan Brown. Seit sie eines Tages in der

S-Bahn von einem Studenten bei ihrer Lektüre von »Siddhartha« von Hermann Hesse – also jenen Autor, den sie über alle Maßen schätzte – in ein Gespräch verwickelt wurde, war sie auf eher unverfängliche Bestsellerliteratur umgestiegen. Ohnehin las sie den Roman nicht, auch wenn die Seiten zerfleddert waren und den Eindruck erwecken mochten, dass das Taschenbuch bereits durch viele Hände gegangen war. Nur keinen Augenkontakt mit Männern um diese Zeit riskieren. Darum ging es. Während sie vorgab, sich für die Aufdeckung einer vatikanischen Verschwörung zu interessieren, musterte sie aus den Augenwinkeln weiterhin aufmerksam ihr Umfeld. Die eng anliegende schwarze Hose aus Kunstleder, die ihre Figur über Gebühr betonte, verbarg sie geschickt unter einem langen Mantel. Weit und tief war der, wie er von Magersüchtigen getragen wurde, um ihre skelettartige Figur zu verbergen – oder das in ihren Augen abscheulich korpulente Wesen. Derartige Probleme mit dem eigenen Körper kannte Claudia nicht. Sie war mit sich selbst im Reinen. Hatte sich mit den ersten Falten abgefunden, dass alles nicht mehr so straff saß wie früher und die Tränensäcken immer ausgeprägter wurden, mit denen sie schon als Teenagerin zu kämpfen hatte. Das Rauchen forderte nun einmal seinen Tribut. Mit ein bisschen Schminke ließ sich das mit Leichtigkeit kaschieren. Und wenn sie dreißig wurde? Wie sah es dann aus? Was kümmerte sie das jetzt? Sechs Monate waren eine lange Zeit. Da konnte so viel passieren. Wichtiger war im Augenblick ohnehin, dass sie es sicher bis nach Hause schaffte. Um diese Zeit. Weit nach Geschäftsschluss, wenn die Shopper längst nach Hause geeilt waren. Sich die hübschen Asiatinnen mit ihren funkelnden, aufwendig verzierten Smartphones und die unbekümmerten Bubble-Tea-Trinker in die eigenen vier Wände zurückgezogen hatten, die stolzen »Zara«-Taschen-Träger wussten, was sie tags darauf umtauschen würden und die Kaufsüchtigen mit ihren »Primark«-Tüten aus Pappe ihrer Einwegkleidung wieder überdrüssig waren. Warum war es nur dermaßen spät geworden? Diese verdammte Party, ärgerte sich Claudia. Sie hatte mit Dirk geflirtet, der die erste Geige spielte. Dirk, dem Flachleger mit seinem schlechten Eau de Toilette und dem noch schlechteren Atem. Claudia hatte es zunächst genossen, doch als Dirk sie küssen wollte, hatte sie ihm eine runtergehauen. Sie war eine Frau, die sich zu wehren wusste, wenn Männer allzu aufdringlich wurden. Nicht so wie die beiden Teenagerinnen, die auf der Wartebank saßen, laut kichernd die Köpfe über ein Smartphone zusammensteckten und nicht merkten, dass sie längst von einer Gruppe junger Halbstarker gemustert wurden. Dumme, gackernde Hühner, dachte Claudia, als die U-Bahn in den Bahnhof einfuhr.

Zwei bis drei Minuten stand die Bahn in der Endhaltestelle Alexanderplatz, bevor der Zugführer die Fahrt fortsetzte. Die Wagen waren neu, durchgängig von vorne bis hinten und daher gut einsehbar. Leider fuhren immer noch unterteilte Wagen der älteren Baureihe auf der Linie. Dann musste Claudia immer darauf achten, dass sie nicht alleine in einen Wagen einstieg. Auf dass sich an einer Haltestelle ein oder zwei Männer dazugesellten und man ihnen ausgesetzt war, bis der Zug wieder hielt. Sowohl auf den Bahnhöfen als auch in den Zügen gab es zwar neuerdings Videoüberwachung, aber eine Vergewaltigung verhindern konnte man dadurch auch nicht. Es erleichterte nur die Aufklärung eines Verbrechens. Claudia stieg in die U-Bahn ein, setzte sich in die Mitte einer Sitzbank, klappte das Buch auf und senkte den Kopf. Sie hielt es mit der rechten Hand, einen Ehering gut sichtbar präsentierend. Das vermeintliche Zeichen der ewigen Bindung an einen Mann trug sie häufig, um Verehrer abzuhalten. Zumindest einige schreckte das ab. Andere ließen sich auch davon nicht beirren, ihr Balzverhalten fortzuführen. »Zurückbleiben, bitte«, dröhnte es aus den Lautsprechern der Bahn, wobei man das »Bitte« nur erahnen konnte, da es einem schroffen Pusten des Zugführers in das Mikrofon gleichkam. Ein Warnton erklang, rote Lichter blinkten auf und die Türen schoben sich langsam zu. Die Halbstarken blieben wie die beiden blutjungen Frauen auf dem Bahnsteig zurück. Claudia hatte ein schlechtes Gewissen. Vielleicht hätte sie die unerfahrenen Teenager warnen sollen. Andererseits musste sich jede Frau früher oder später selbst in einer von Männern dominierten Welt zurechtfinden, glaubte sie.

Bis zur Frankfurter Allee blieb die U-Bahn recht leer; ein paar spanische Nachtschwärmer, vielleicht Anfang zwanzig, stiegen am Strausberger Platz zu. Vergnügungssüchtige, die nach Berlin kamen, um die

Vorzüge einer Stadt zu genießen, die keine Sperrstunde kannte. Berlin war weltweit in Mode. Eine Metropole, in der sich die globale Jugend amüsierte. Es gab nur das Jetzt. Nur das Vergnügen.

Den Übergang von der U-Bahn zur S-Bahn hasste Claudia. Das Ring-Center, ein Einkaufszentrum, das sich auf beiden Seiten der S-Bahntrasse erstreckte, hatte seine Pforten längst geschlossen und der einzige Weg zur Hochbahn führte eine schmale Gasse entlang. Ein Bauzaun auf der einen Seite und die kalte, fensterlose Rückwand des Einkaufspalastes auf der anderen Seite boten gerade genug Platz, dass man sich in beiden Richtungen im Gänsemarsch drängen konnte. Früher standen hier aufgereiht Imbisse und Kioske, über die sich die Nachtschwärmer mit Nachschub versorgten, doch solange es die Baustelle gab, war es nur ein beängstigender Engpass auf ihrem Weg nach Hause. Claudia stöhnte innerlich auf. Ganz Berlin erschien ihr manchmal wie ein riesiger Buddelplatz zu sein, der beständig umgegraben wurde. Die Dinge waren einem permanenten Wandel unterworfen, Konstanten gab es so gut wie keine. Bis auf die spärliche Beleuchtung auf den Straßen vielleicht. Den Blick nach unten gerichtet, folgte Claudia den ausgelassenen Spaniern und huschte in den Eingangsbereich der S-Bahnstation Frankfurter Allee, während ihr Geleitschutz weiter zur Rigaer Straße zog.
Die Anzeige im Eingangsbereich wies darauf hin, dass die Ringbahn gerade eingefahren war. Claudia rannte die Treppe nach oben und drückte sich gerade noch

rechtzeitig gegen die verschwitzten Körper von Vergnügungssüchtigen, die den ersten Wagen komplett füllten. Junge Männer, die mit ihren Freundinnen unterwegs waren, Studenten und heiteres Partyvolk, das am Ostkreuz ausstieg, um weiter zur Simon-Dach-Straße zu ziehen oder in den Clubs an der Spree zu feiern. Auch wenn die Luft stickig war, konnte Claudia aufatmen.

An der Station Treptower Park war die Bahn fast leer. Claudia stieg als Einzige aus und eilte über den verwaisten Bahnsteig. Sie hastete die Treppe nach unten, zündete sich eine Zigarette an und inhalierte den Rauch so gierig, als wäre es der letzte Glimmstängel, den sie rauchen würde. Um keine Zeit zu verlieren, wenn sie vor der Haustür stand, holte sie ihren Wohnungsschlüssel schon jetzt aus der Tasche. In der Unterführung der S-Bahnstation horchte sie plötzlich auf. Claudia war sich sicher, ein Geräusch vernommen zu haben. War das etwa ...? Adrenalin flutete ihren Blutkreislauf, die Muskeln spannten sich und ließen ihren Körper erstarren.
»Hilfe«, schien eine zarte Stimme zu wimmern. Sie hatte sich nicht geirrt. Und wieder: »Hiilfe ...« Mitleidserregend und erbärmlich. Claudia blickte die Unterführung der S-Bahntrasse entlang in Richtung des Treptower Parks. Da mussten die Hilferufe herkommen. Unwillig, sich um diese Uhrzeit um die Angelegenheiten anderer zu kümmern, ging sie zwei Schritte in die entgegengesetzte Richtung. Dort lag ihre Wohnung, direkt neben den Treptowers — gläsernen Bürotürmen, die immer noch erleuchtet

waren. Die Sicherheit der eigenen Wohnung wartete auf sie. Nur dreihundert Meter entfernt.

»Hilfe«, war wieder dieser flehentliche Ruf zu vernehmen.

Claudia ging zwei Schritte weiter. War das etwa ein Kind? Mit einem Schulterblick sah sie sich um. »Hallo?«, rief sie durch den Tunnel in die Dunkelheit der Nacht. »Hallo? Kleines? Was ist?«

»Hiiiiiiilfe«, flehte diese zarte Stimme unverändert leise.

Sollte Claudia die Rufe ignorieren? Was ging es sie an, wer sich um diese Uhrzeit noch im dunklen Park herumtrieb? Sie zögerte. »Ich lass dich nicht allein! So bin ich nicht!«, sprach sie dann entschlossen vor sich hin, ließ die Zigarette fallen, zog ihr Handy aus der Tasche und wählte »110«. Die Warteschleife der Berliner Polizei war zu hören mit der Bitte, noch etwas Geduld zu haben. Nach einigen Augenblicken brach die Verbindung unvermittelt ab. Claudia beäugte kritisch den Empfangsstatus auf dem Display. Ein Balken deutete darauf hin, dass die Verbindung im Tunnel der Unterführung nicht stabil war.

»Hilfe!« Erbärmliches, flehentliches Wimmern. Claudia erkannte in der Dunkelheit des Parks die Konturen eines Gebüschs. Daher schienen die Rufe zu kommen. Viel zu finster war es da draußen, als dass sie es wagen konnte, die Sicherheit der S-Bahnstation zu verlassen. »Ich hole Hilfe!«, schrie Claudia, rannte die Treppe der S-Bahnstation nach oben und betätigte an der Notrufsäule die Alarmtaste. Das Freizeichen erklang, ohne dass jemand den

Notruf annahm. Es tutete fünfmal, dann brach die Verbindung ab. Sie winkte in die Überwachungskamera, um auf sich aufmerksam zu machen. »Hilfe«, formulierten ihre Lippen, ohne dass sie es rief. Sie betätigte noch einmal die Notruftaste. Dieses Mal erhielt sie nicht einmal ein Freizeichen, sondern nur Signaltöne in dichter Abfolge. Besetzt. Claudia sah auf. »Der Zugverkehr ist wegen eines Notarzteinsatzes unregelmäßig«, lief über die Anzeige. Der nächste Zug kam frühestens in zwanzig Minuten. Auf den beiden Bahnsteigen der Station wartete niemand. Wie ausgestorben war es. Nicht einmal einer der Obdachlosen, die an der Station für gewöhnlich rumlungerten, trieb sich noch hier herum. Claudia rannte die Treppe wieder nach unten in den Tunnel und zog das Pfefferspray aus der Tasche. Dann hielt sie inne und lauschte. Es war nichts mehr zu hören. Überhaupt nichts. Totenstille. Zögerlich tastete sie sich zur Parkseite der Unterführung vor, vergewisserte sich nach jedem Schritt, ob irgendwelche Geräusche auf die Anwesenheit eines Fremden schließen ließen. Nach einer gefühlten Ewigkeit erreichte sie das Tunnelende. »Hallo? Kleines? Bist du noch da?«, fragte sie in die Nacht, das Pfefferspray zur Verteidigung in der rechten Hand. Die feingeästelten Zweige des Busches zeichneten sich nun im diffusen Restlicht der Bahnsteigbeleuchtung ab. Dahinter lag der Treptower Park, in unergründlicher, unheilvoller Dunkelheit, als würde die Grünanlage das Licht der Umgebung wie ein schwarzes Loch aufsaugen.

»Hilfe«, stöhnte diese zarte Stimme wie aus dem Nichts. Claudia Puls raste, und der hohe Blutdruck ließ die Halsarterien anschwellen. Ihre Knie zitterten, doch ihre Entschlossenheit, einem wehrlosen Opfer beizustehen, wuchs mit jeder Sekunde. Sie atmete zweimal tief durch, während sie die Unterführung verließ.

Die wenigen Lampen im Park funktionierten nicht. Bauzäune deuteten darauf hin, dass auch hier etwas Neues entstehen sollte. Tagsüber war der Park wunderschön, bot einen Zugang zum Hafen an der Spree, wo die Ausflugsboote im Sommer ablegten, doch nachts schien es wie eine andere Welt zu sein. So unübersichtlich und fremd. Die unbeschwerte Leichtigkeit des Tages, das Vogelgezwitscher, verflogen. Sie merkte, wie ihre schwitzigen Hände das Metall der Pfefferspraydose erhitzt hatten. Ihr Zeigefinger klebte am Auslöser.

»Hiiiiiilfe …«

Das Mädchen war nicht hinter dem Gebüsch direkt am Ausgang, wie Claudia zunächst geglaubt hatte. Die Rufe kamen aus Richtung des Gebäudes der Stern- und Kreis-Schifffahrt, das gut neunzig Meter entfernt, unweit der Spree lag. In der einen Hand das Mobiltelefon, in der anderen das Pfefferspray schritt Claudia ganz langsam auf den eingeschossigen Bau der Reederei zu. Angespannt bis zum Äußersten schaltete sie die Taschenlampe ihres Handys an. Der eng begrenzte Lichtkegel der Lampe konnte der Umgebung keine Gestalt verleihen. Die Schwärze der Nacht ließ sich mit der Beleuchtung eines Smartphones nicht durchdringen. Claudia wählte die Nummer ihres Freundes, aktivierte den Lautsprecher und ließ die Hand mit dem Handy sinken. »Hallo?

Kleines? Bist du noch da?«, wollte sie in die Dunkelheit rufen – doch es war nur ein Flüstern.

»Was ist denn?«, fragte eine verärgerte Stimme. Claudia schrak zusammen und ließ ihr Smartphone fallen. Das Mobiltelefon fiel auf die Vorderseite, und das Licht der Taschenlampe bohrte sich in den sandigen Grund.

»Was willst du jetzt noch? Kann das nicht bis morgen warten?«, war der Ärger ihres Freundes aus dem Lautsprecher des Handys deutlich zu vernehmen. Aber Claudia hörte nicht mehr, was er ihr sagen mochte. Wie erstarrt stand sie vor der großen Platane, die neben dem Gebäude der Reederei wuchs, und versuchte, das zu verarbeiten, was ihre Augen gerade wahrnahmen. Das Entsetzen zu unterdrücken, das sie ganz und gar erfasste. Und den Instinkt zu beherrschen, der ihren Vorfahren vor Urzeiten signalisierte, dass sie die Beute eines Raubtieres werden sollten. Die Wahrheit war nicht zu leugnen. Wenn man es sich auch noch so sehr wünschte. Nicht als alptraumhaftes Gebilde zusammenbrechen und sie in der Sicherheit eines kuscheligen Bettes aufwachen lassen. Wie sie es so oft als Kind erlebt hatte. Schrecklich war das Hier und Jetzt. Unmittelbar und kalt. Weder Fantasie, noch Urangst. Hinter dem Baum bewegte sich etwas. Ein kalter Schauer lief Claudia über den Rücken und sie verstand schlagartig, dass es etwas abgrundtief Böses war. Es war der Feind, der sie in eine Falle gelockt hatte.

»Hilfe!«, war wieder das leise Flehen aus dem Gebüsch zu vernehmen. Weit weg. Es war ein anderes Opfer. Und sie war auserwählt, das nächste zu sein.

Hier das Opfer, dort der Jäger. Mitten in einer Großstadt. Mitten in Berlin. Wie hypnotisiert starrte Claudia auf das Gesicht, das hinter dem Stamm hervorkam, angestrahlt wie der Mond von der Sonne. Langsam, ganz langsam bewegte es sich. Grausam unaufgeregt. Als gäbe es keine Eile. Maskenhaft, fahl und bleich stellte es sich dar, ohne die feinen Konturen eines menschlichen Antlitzes zu besitzen. Mit zittrigen Händen hielt Claudia das Pfefferspray in der Hand. Unfähig, sich zu verteidigen, war sie nicht in der Lage, das augenreizende Pulvergemisch einzusetzen. Claudia spürte einen stechenden Schmerz im Arm. Ihr wurde schwindelig, sie torkelte und fiel zu Boden. Hatte sie etwas getroffen? Etwas Spitzes? Wie gelähmt musste sie tatenlos dabei zusehen, wie sich diese Maske unaufhaltsam näherte. Die Bewegungen fast tanzend in der Luft, losgelöst vom Boden, als gäbe es keinen Körper, zu dem sie sich zugehörig fühlte.

»Hilfe!«, erklang erneut ein Wimmern. Doch diesmal stammte der Klagelaut nicht von einem Kind. Dieses Mal kam das verzweifelte Flehen von ihr. Claudia stöhnte ein letztes Mal auf, bevor sich ihre Kehle zuschnürte und sie den Kopf auf den Boden sinken ließ. Ohne noch Kontrolle über ihre Muskeln zu besitzen, starrte sie mit leeren Augen in den Nachthimmel. Als sich die weiße Maske in ihrer gesamten Fremdheit über ihr Gesicht schob und sich etwas Scharfes dutzendfach in Arme und Beine bohrte, fühlte Claudia schon längst keinen Schmerz mehr.

2

Drei Tage später. Berlin, Strausberger Platz. 25. März 2014, 12:00 Uhr.

»Schatz?« Ana wischte mit dem Zeigefinger über das brandneue *Tablet*, das sie von ihrem Mann geschenkt bekommen hatte. Der Artikel in der »Berliner Zeitung« über einen Einbruch in der Juwelier-abteilung des KaDeWe hatte ihre Aufmerksamkeit erregt. »Schatz? Hast du das gelesen?« Ihr Mann François war längst an der Arbeit, doch Ana tat so, als würde er weiterhin mit am Tisch sitzen in dieser teuren Penthousewohnung mit dem fantastischen Blick über die Karl-Marx-Allee bis hin zum Fernseh-turm. Anas Ritual war es, die Onlineausgaben der Zeitungen nach ungelösten Kriminalfällen zu durchforsten. Allemal besser, wie sie fand, als ein neuerliches Sudoku-Feld auszufüllen. Am Ende standen die Zahlen von eins bis neun doch immer wieder in den Reihen unter- und nebeneinander, bevölkerten das gerasterte Quadrat in bekannter Regelmäßigkeit. Was hatte das für einen Sinn?

Die achtunddreißigjährige Ana und ihr fast zehn Jahre älterer Mann François lebten seit Jahren aneinander vorbei. Zusammengehalten wurde die Ehe einzig durch die tägliche Routine, die Risse gekittet durch den Alltag, der ihnen ein Neben-einander in der gemeinsamen Wohnung auftrug. Da Ana nicht arbeiten ging, war ihr Tag vollgepackt mit

Beschäftigungen, die ausschließlich der Befriedigung ihrer Eitelkeit dienten. Nach einem über einstündigen Schminkritual, das der angegriffenen Haut in ihrem hübschen Gesicht eine millimeterdicke Hülle verpasste, standen Besuche in der Pediküre und im Fitnessstudio an, ein Zwischenstopp im Solarium, um wieder eine Bikinibräune für den Osterurlaub zu erhalten, und nachmittags ausgiebiges Shopping im KaDeWe.

Manchmal, wenn die Tage dunkel waren und das Wetter wolkenverhangen, hing Ana, deren Leben erfüllt war von einer tiefen Leere, melancholischen Gedanken nach. Auch sie hatte Träume gehabt, auch sie kam nicht schon desillusioniert auf die Welt. Sie wäre gerne Lehrerin geworden. Für Deutsch und Sport. Wenn nicht an der Grundschule, dann zumindest in der Sekundarstufe 1. Sie liebte Kinder. Doch ihr Mann bestand darauf, dass sie zu Hause blieb. Er hatte sich nicht unbedacht eine Frau aus Osteuropa ausgesucht, prahlte er immer vor seinen Freunden. Wenn es einmal Liebe zwischen ihnen gegeben hatte, war diese längst in Hass umgeschlagen. Unterwürfig und geduldig sollte sie sein. Nicht so unwirsch und zickig wie die deutschen Frauen, trug François ihr auf. Zu Hause sollte Ana bleiben, aber Kinder mochte er nicht haben. In diese verdorbene Welt Nachwuchs zu setzen? Bei all dem Leid? Jeder suchte sich seine Ausreden – und François war nicht sonderlich einfallsreich dabei, Gründe dafür zu suchen, keine Kinder großziehen zu müssen. Obwohl der Name es vermuten ließ, war François beileibe kein Franzose. Die Eltern verehrten François Truffaut, den französischen Filmregisseur. Tolerant erzogen die Heinzmanns ihren Spross. Liebe, geduldige Eltern waren es, die in München lebten. Ana fragte sich, woher dieser Hass kam, der ihren Mann so oft beherrschte und der Jähzorn, den sie jedes Mal zu spüren bekam, wenn er sich an der Arbeit geärgert hatte. Manchmal schien die Natur alternative Wege ausprobieren zu wollen, wurden Charakteristika der Eltern abgestreift, um Neuem Platz zu schaffen. Die Natur kannte weder Gut noch Böse. Das war das Dilemma.

Aber Ana wollte nicht undankbar sein. Das Geld floss im Überfluss, die entbehrungsreichen Zeiten in Kiew, die sie in ihrer Kindheit erlebt hatte, waren nicht mehr als eine blasse Erinnerung. Ob arm oder reich, wusste Ana aus eigener Erfahrung, Menschen trugen immer ihre Probleme mit sich herum. Diese machten ihnen zu schaffen, ob sie nun existentiell waren oder eher profanen Ursprungs. Wie bei ihr. Es war nun einmal, wie es war. Ihre dringendste Frage blieb, wie zum Teufel sie nur die Zeit totschlagen sollte in dieser makellosen, glänzenden Penthousewohnung. Eine sterile, bis zur Perfektion von einem Innenarchitekten arrangierte Umgebung, in der man selbst wie eine Verunreinigung wirkte. Die Putzfrau kümmerte sich um den Schmutz, ihr Mann kam sehr spät zurück und aß unterwegs. Gut auszusehen bei den Treffen und Partys, den gesellschaftlichen Verpflichtungen und ausschweifenden Gala-Diners. Das hatte François ihr aufgetragen. Eine begehrenswerte Puppe für ihren Mann zu sein. Der Körper sollte schön straff bleiben, die Haut makellos erstrahlen. Ana ertrug die Demütigungen ihres Mannes nur, weil sie monatlich tausend Euro zu ihrer Familie in die Ukraine überweisen durfte. Das war es wert. Ihr Vater war krank, und die Therapie musste aus eigener Tasche bezahlt werden. Wie oft hatte sie François angefleht, ihr bei der Beantragung eines neuerlichen Visums für ihre Eltern zu helfen. Einmal hatten sie Ana nur in Berlin besucht. Und das war bei ihrer Hochzeit. Sie glaubte, dass ihr Mann ganz gewiss wusste, warum er ihr Herzensanliegen partout überging. Es war ein Druckmittel, sie in der Hand zu haben. Die Möglichkeit, sich um eine Einreiseerlaubnis zu kümmern, hatte François ganz gewiss. Seine Arbeitsstelle war der Inbegriff der Einflussnahme auf politische Entscheidungen. Er war promovierter Chemiker und hatte einen hoch dotierten Posten als Lobbyist für die Pharmaindustrie. François hatte somit Kontakte in höchste politische Kreise, duzte mehrere Bundestagsabgeordnete freundschaftlich. Paolo Meister von der CDU hatte er sogar einmal in das Penthouse eingeladen.

Vielleicht hätte Ana über die Machoallüren ihres Mannes hinwegsehen können, vielleicht wäre noch ein Rest von Zuneigung zu ihm geblieben, wenn, ja wenn er sie nicht schlagen würde. Ana trank das Glas Rotwein in einem Zug aus, das auf dem Küchentisch vor ihr stand, und schaute nachdenklich aus dem Panoramafenster. Der Ausblick, vorbei an Fernsehturm, Tiergarten bis hin zum Teufelsberg war grandios. Traumhaft. Berauschend. Dennoch war ihre Stimmungslage wieder einmal an einem Tiefpunkt angelangt. All die Möglichkeiten, die sie hatte verstreichen lassen. Die besten Jahre ihres Lebens hatte sie an einen Mann verschwendet, den sie hasste. Klassenbeste war sie im Gymnasium in ihrer Heimatstadt gewesen, sprachbegabt, voller Träume. Eine bildschöne blonde Ukrainerin, die sich den Deutschen in seinem Porsche 911 angelte, der ihretwegen seinen Wagen im Halteverbot abstellte, quer über den Bürgersteig. Sie zu einem Essen einlud, nur aufgrund ihrer langen Beine und ihres sinnlichen Lächelns. Natürlich entpuppte sich François nicht als der Traumprinz. Die Flitterwochen auf Mauritius in einem sündhaft teuren Luxushotel waren schnell vorbei. Schon wenige Monate nach der Hochzeit entwickelte er eine immer tiefer sitzende Eifersucht. Schon wenn sie mit einem anderen Mann redete, hielt er es ihr abends vor. Dann, ein Jahr nach ihrer Hochzeit, fing er an, sie zu schlagen. In den ersten Jahren ertrug sie es. Suchte sogar die Schuld bei sich. Vielleicht gab sie ihm nicht das, was er haben wollte. Da beide in der Partyszene Berlins unterwegs waren und François auf eine nach außen hin vorbildliche Ehe Wert legte, ließ er ihr Gesicht, das Dekolleté, Arme und Beine von den Misshandlungen unberührt. Meistens schlug er sie in den Bauch. Meistens in den Bauch. Zehn lange Jahre hatte sie seine Launen ertragen. Sollte sie ihn verlassen? Sie hatte tausendmal daran gedacht. Untertauchen? Immer wieder wog sie diesen Schritt ab. Oder wieder zurück in die Ukraine? Sie dachte jeden Tag an ihr Heimatland. Es musste noch etwas geben da draußen. Ana musterte die Weinflasche. Die Hälfte hatte sie bereits getrunken. Sie nahm die Flasche, stand auf und ging zum Kochbereich. 900 Gramm zeigte die Waage an. Das war das Gewicht der Flasche mit dem berauschenden Inhalt. Die leere Flasche wog genau 500 Gramm, wusste sie. Damit blieben noch etwa 400 Milliliter übrig, da Wein eine Dichte von ungefähr einem Gramm pro Milliliter hatte. Das musste für den verbleibenden Tag reichen. Mehr als eine Flasche wollte Ana nicht konsumieren. Wie alle Alkoholiker glaubte sie, dass sie jederzeit aufhören konnte mit dem Trinken.

Germanistik hatte sie an der Uni Kiew studiert. So voller Träume war sie. Eine Träne lief ihr über die Wange – doch sie spürte es nicht auf der Haut. Kein Kitzeln. Nichts. Nur ein gefühlloser Panzer aus Schminke, der keinerlei Emotionen sichtbar werden ließ. Äußerlich makellos und innerlich gebrochen. Selbstmitleid ist ein schlechter Ratgeber, du dumme Pute, dachte sie trotzig. Zum gefühlt tausendsten Mal. »Schatz?«, begann sie auf ihren Mann einzureden, der längst nicht mehr da war. Als ob es ihn interessieren würde, was sie von sich gab. »Schatz? Also letztens im KaDeWe. Das war doch diese libanesische Großfamilie gewesen, oder? Hatten die nicht die Justiz ausgetrickst, weil es Zwillinge waren? Einer hatte ein lupenreines Alibi, der andere ist eingestiegen. Wer wohl die Täter dieses Mal sind? Warum werden da eigentlich nicht die Sicherheitsvorkehrungen erhöht? Meinst du, das KaDeWe steckt selbst dahinter? So muss es sein. Ganz sicher. Wenn ich erst den Wein getrunken habe, werd' ich den Tipp jedenfalls an unseren Freund, den Polizeidirektor, geben. Ist Notger eigentlich auch beim Empfang am Samstag dabei?«

3

Zur gleichen Zeit. Irgendwo in Berlin …

Claudia Junghans betrachtete das Kellerfenster über sich. Zum Greifen nahe und doch unerreichbar weit weg. Nur wenige Stunden schien die Sonne durch die Scheibe herein, ansonsten blieb es dunkel. War das dort oben überhaupt ein Fenster? Genau genommen konnte Claudia nicht erkennen, wodurch das Licht fiel, das ihr Gesicht traf. Trüb war ihr Blick, benebelt ihr Verstand. Wenn sie doch nicht so müde wäre. Ihr kam es vor, als sei sie seit Tagen nicht aufgestanden. Sie wunderte sich darüber, was sie in diesem Kellerraum zu suchen hatte, in dem es nichts gab außer erdigem Untergrund. Wie war sie hierher gekommen? Etwas lief ihr über die Wange. Es kitzelte nicht – war nur ein dumpfes Empfinden, als wäre die Haut aus Leder. Und all die Flüssigkeit entwichen. Vielleicht war es eine Ameise oder ein Käfer, der sich verirrt hatte. Claudia versuchte, das Insekt aus ihrem Gesicht zu pusten, doch es gelang ihr nicht. Das Tier lief über die Nase und die Stirn, bevor sich seine Spur verlor. Sie wollte mit der Hand nachfassen, doch dann merkte sie, dass sie nicht wusste, wie. Sie hatte keine Kontrolle über ihre Arme, nicht einmal über einen einzigen Finger. Wie hatte sich das früher wohl angefühlt? Dem Körper zu befehlen, nach etwas zu greifen. War sie nicht mehr klar bei Verstand? Claudia schmeckte etwas in ihrem Mund, begann instinktiv zu kauen. Sand knirschte zwischen ihren

Zähnen. Jetzt fiel es ihr wieder ein. Ihr Kopf lag auf dem Boden. Sie musste hingefallen sein, konnte aber weder Arme noch Beine sehen. Auch keinen Oberkörper. Alles schien unter einer Erdschicht begraben zu sein. Möglicherweise war etwas über ihr eingestürzt. Ein Erdbeben? Doch nicht in Berlin, tat sie den Gedanken ab. Sie vernahm ein knarrendes Geräusch hinter sich. Ihre Sinne waren noch geschärft.

Hierher!

Claudia wollte schreien, doch sie hatte keine Kraft. Um Himmels Willen, hier liegt noch jemand.

Eine Verschüttete!

Das Ausharren hat sich gelohnt, war sie erleichtert.

Rettung ist nah!

Feingliedrige Fasern umspannten ihren Kopf und umfassten ihr Gesicht. Ein Saugen. Ein Lutschen. Ein Schmatzen. Und ein Opfer, das nicht verstand, dass es bei lebendigem Leibe verspeist wurde.

4

Berlin-Alexanderplatz, Ausgang der U-Bahn auf Höhe der Weltzeituhr, 15:30 Uhr.

»Vor drei Tagen ist wieder eine verschwunden«, sprach jemand Ana Heinzmann von hinten an.

»Was?«, entgegnete diese gedankenversunken, ohne sich umzudrehen. Gebannt starrte die gebürtige Ukrainerin ohne Unterlass auf die Vermisstenanzeige, die am Ausgang der U-Bahn prangte; auf die grünen Kacheln mit Klebestreifen fixiert.

»Das hier war nicht die Letzte«, wusste der Mann zu berichten.

Der Aushang war nur behelfsmäßig angebracht, hatte Ana auf den ersten Blick erkannt. Es handelte sich nicht um eine offizielle Bekanntmachung. Einer der Klebestreifen hatte sich bereits gelöst und das Papier am unteren Ende eingerollt. Normalerweise wurden derartige Beschläge vom Reinigungspersonal umgehend entfernt, doch dieser farbige Ausdruck musste seit mehreren Tagen hier hängen. So staubig und verdreckt wie er bereits war. Als ob sich niemand traute, den Aushang zu entfernen. Das Gesicht einer jungen Frau war darauf abgebildet. Madonnenhafte Züge, unschuldig und jung. Ein Sakrileg, den Zettel zu entfernen. Niemand, der sich dazu bereit fand. Wie bei Andachtskerzen, die an Orten von Selbstmorden oder Attentaten als Anteilnahme aufgestellt wurden und, nur der Witterung ausgesetzt, unangetastet blieben.

Sabine Freter, eine einundzwanzigjährige Frau, 164 cm groß, wurde laut der Informationen unter dem Porträtfoto seit einem Jahr vermisst. Eine Narbe am Hals, die von einer Operation an der Schilddrüse stammte, hatte sie mit einem knallbunten Halstuch bedeckt, erfuhr man weiter. Eine Mobilnummer gab es als Kontakt mit der Bitte, dass sich derjenige meldete, der etwas über ihr Verschwinden oder ihren jetzigen Aufenthaltsort wusste. Die Anzeige schloss mit dem Hinweis, dass Sabine regelmäßig Epilepsiemedikamente einnehmen musste. Offensichtlich war die Polizei bei der Aktion nicht hinzugezogen worden. Wahrscheinlich hatten die Behörden die Suche nach Sabine längst eingestellt, vermutete Ana, während die Angehörigen die Hoffnung nicht aufgaben und sich an jeden Strohhalm klammerten. Bei all den Vermisstenfällen, die sie in den Medien verfolgt hatte, schienen die Verwandten die bittere Wahrheit verdrängen zu wollen, dass sie ihre Liebsten niemals mehr in den Armen halten würden.

»Das geht schon seit Jahren so«, suchte der Mann hinter Ana erneut das Gespräch mit ihr. Sie drehte sich um und hob die Sonnenbrille an, um ihr Gegenüber besser mustern zu können. Da die Sonnenstrahlen von den glänzenden Kacheln des U-Bahnausgangs reflektiert wurden und direkt auf ihr Gesicht fielen, musste sie blinzeln. Ein schöner Mann war es, der sie angesprochen hatte. Jünger als sie. Vielleicht Anfang dreißig. Ein kantiges Kinn, tiefblaue Augen, intelligenter Blick. Markante Nase. Drahtig in der Erscheinung. In einem anderen Leben hätte sie ihn begehrt. Traurig sah er aus, dunkle Augenringe zeigten seine Rastlosigkeit. In einem anderen Leben hätte sie ihn getröstet.

»Sie muss jemandem aber wahnsinnig viel bedeuten. Nach einem Jahr noch so nach ihr zu suchen«, befand der fremde Mann.

»Ja …«, stimmte Ana mit einem Seufzen zu.

»Die eigene Telefonnummer zu nehmen. Ich meine, da rufen nicht nur gute Menschen an.«

»Wie meinst du das?« Ana war nicht klar, worauf der Fremde anspielte.

»Da werden sich auch Leute bei der Familie melden, die falsch Auskunft geben. Die Hoffnung wecken. Leute, die sich über den Schmerz lustig machen.«

»Ja, so Typen gibt es«, wurde sich Ana mit bekümmertem Gesichtsausdruck schlagartig bewusst.

Der fremde Mann hielt einen Kaffeebecher lässig in der Hand. *Jesse*, stand darauf, mit Filzstift von der Bedienung bei Starbucks geschrieben. »Darf ich dich was fragen?«, setzte er an. »Wollen wir vielleicht zusammen ’nen Kaffee trinken?«, schob er nach, ohne ihre Antwort abzuwarten.

»Kaffee?«, wunderte sich Ana. »Du trinkst doch gerade einen.«

»Mhm, stimmt. Könnte aber noch einen vertragen.«
Ana lächelte, hob ihre Hand und präsentierte den Ehering. »Bin schon vergeben. Verheiratet. Hast du’s nicht gesehen?«
Der Fremde lächelte verschmitzt. »Ja und? Dürfen verheiratete Frauen keinen Kaffee mehr trinken?«
Ana fuhr sich durch ihre blonden, langen Haare. Makellos wie ihr Make-up. Sie genoss es, dass sie in

der U-Bahn oft angesprochen wurde. In den letzten Jahren war es zwar weniger geworden, aber einmal die Woche geschah es immer noch. Ein wenig zu flirten, wenn sie unterwegs war. Von den Männern angestarrt zu werden, sich begehrt zu fühlen. Ihre Figur hatte sich seit ihren Teenagertagen nur wenig geändert, die beginnende Cellulite konnte sie mit straffen Leggins kaschieren. Wenn François davon wüsste, wie aufreizend sie durch Berlin zog, mochte sie sich seine Reaktion nicht ausmalen. Heimliches, gefährliches Spiel. Es wirkte wie ein Jungbrunnen auf sie.

Ana runzelte die Stirn. Keine Falten mehr, die Mimik stark reduziert. Die letzte Botoxspritze hatte sie erst im Februar bekommen. »Also Jesse, ich muss dich wirklich enttäuschen«, wollte sie den Flirt abrupt beenden.

»Jesse?«, wunderte sich der junge Mann.

»Na, ist das nicht dein Name?« Sie deutete mit dem Zeigefinger auf den Kaffeebecher.

»Ach so, das. Natürlich«, verstand der Mann, schüttelte den Kopf und lächelte. »Ich sag' denen bei Starbucks doch nicht meinen wahren Namen«, verriet er ihr, wobei er die Hand vor den Mund hielt, als wäre diese Tatsache ein unerhörtes Geheimnis.

»Nicht?«, war Ana verblüfft. »Warum das denn nicht?«

»Weil ich meinen Namen nur denjenigen verrate, die ich schätze. Und nicht denen, die mein Geld zu schätzen wissen.«

Ana lächelte unweigerlich. »Machst du das so?«

Der Mann nickte.

»Und? Verrätst du mir deinen Namen?«

»Warum willst du wissen, wie ich heiße?«, ließ der Fremde sie zappeln.

Ana winkte ab. »Nur so …«

»Willst du wissen, wie ich heiße, weil du hoffst, dass ich dich schätze oder … oder ist es, weil du mich kennenlernen willst.«

»Mhm … fünfzig zu fünfzig«, gab Ana mit einem Schmunzeln Auskunft. Ohne es zu merken, strich sie sich erneut durchs Haar. Unbewusst befeuchtete sie danach ihre Lippen mit der Zunge. Der Mann gefiel ihr ausgesprochen gut.

»Jan. Mein Name ist Jan«, verriet er ihr.

Sie reichte ihm die Hand. »Und ich bin Ana. Ana mit einem ‚n‘.«

»Ein schöner Name«, lobte Jan, ohne dass es aufgesetzt klang. Ohnehin schien Jan kein Mann zu sein, der leichtfertig etwas dahinsagte. Gut abzuwägen schien er alles, was aus seinem Mund kam. Er war selbstsicher, ohne arrogant zu wirken. Hatte Selbstbewusstsein, schien aber gleichzeitig verletzlich zu sein. »Von Anastasia?«, wollte er wissen.

Ana nickte. »So wurde es mir gesagt.«

»Woher kommst du?«

»Wie meinst du das?«

»Na, dein Akzent.«

Ana schüttelte den Kopf. »Hört man den etwa immer noch raus?«

»Nein, nein, mach’ dir keine Sorgen«, wiegelte Jan ab.

»Nur ganz wenig. Zuckersüß«, schmeichelte er ihr.

»Normalerweise werde ich immer gelobt, wie gut ich Deutsch kann. Akzentfrei.«

»Das stimmt auch«, bestätigte Jan. »Das ‚h‘ sprichst du nur ’n bisschen hart aus. Ein klein wenig.«

Ana stampfte mit ihrem linken Fuß energisch und verspielt zugleich auf dem Boden auf. »Ich wusste es doch, dass man es noch raushört.«

»Bist du ’ne Russlanddeutsche?«, wollte Jan wissen.

»Darf man das noch so sagen? Oder ist das beleidigend?«

»Nun, weiß nich’. Bin aus der Ukraine.«

»Ukraine? Verstehe.«

»Was verstehst du?«, fragte Ana nach.

»Woher dein Akzent kommt. Ich meine, dieser klitzekleine, anbetungswürdige Akzent…chen.«

»Jan?«

»Ja?«

»Bist du ein Gentleman?«

»Denke schon.«

»Dann lass eine verheiratete Frau weiterziehen.«

»Darf ich dich nicht zum Kaffee einladen?«

Ana seufzte. »Mach’ es mir doch nicht so schwer. Sei nicht so hartnäckig.«

»Wenn es sich denn lohnt.«

»Was versprichst du dir davon?«

Jan lächelte. Ganz unbekümmert und unschuldig. »Versprechen? Kann ich eine wunderschöne Frau nicht einfach zum Kaffee einladen, ohne eine besondere Absicht zu haben?«

»Eine wunderschöne, alternde Frau …»

»Eine bezaubernde Frau mit Charakter«, widersprach Jan. Es wirkte aufrichtig. »In den besten Jahren.«

Ana merkte, wie ihr Gesicht heiß wurde und ihre Wangen anfingen zu glühen. Schlagfertig war er auch noch. »Du bist mir ja einer.«

Jan deutete auf die Vermisstenanzeige. »Ich hoffe, dass es Sabine gutgeht. Dass sie noch viele Frühlinge erlebt.«

Ana schüttelte nachdenklich den Kopf. »Du weißt doch, dass so was niemals gut ausgeht.«

»Manchmal schon«, widersprach Jan. »Manchmal schon. Man darf die Hoffnung niemals aufgeben.«

Ana sah auf ihre Uhr. Noch eine halbe Stunde Zeit hatte sie bis zu ihrem nächsten Termin beim Frisör. »Also ich weiß auch nicht, was ich mir dabei denke.«

»Dann hast du Lust?«

Ana nickte unsicher. »Wohin?«

»Das Café neben Saturn?«

»Das Einstein?«

»Ja.«

»Gut.«

»Aber viel Zeit hab' ich nicht.«

»Die hat niemand«, wusste Jan. »Aber man sollte die Zeit nutzen, die einem bleibt.«

Ana schüttelte verunsichert den Kopf. Normalerweise kannte sie alle Phrasen, die Männer droschen, wenn sie Frauen beeindrucken wollten. Die auswendig gelernten Sprüche, das angeberische Angebaggere. Doch bei Jan wirkte alles vollkommen anders. Es schien kein Imponiergehabe zu sein. Es wirkte nicht aufgesetzt. Vielleicht, weil eine unendliche Schwere über diesem Mann zu liegen schien. Eine Last, die er zu schultern hatte. Reif wirkte er. Als hätte er viel durchgemacht und erlebt.

***

Ana nippte einmal am Café latte und setzte ihr Glas dann ab. Jan saß ihr an einem Zweiertisch gegenüber, ohne dass die beiden seit mehreren Minuten ein Wort gewechselt hatten. Es war aber keineswegs eine unangenehme Situation, wunderte sich Ana, was Schweigen sonst oft mit sich brachte. Eher ein Gefühl der Vertrautheit, als kannte sie den Mann schon seit einer Ewigkeit. Ein Wortwechsel war nicht mehr nötig, da man wusste, wie der andere tickte. Schweigen als Zeichen der Verbundenheit. Sie fühlte sich nicht unsicher, auch nicht in Eile.

Jan sah sie seit einer gefühlten Ewigkeit mit tiefgründigem Blick an. Als würde er ihre Gefühle lesen. »Wusstest du, dass jeden Frühlingsanfang immer wieder eine junge Frau verschwindet?«, fragte er dann.

»Ich denke, dass jedes Jahr ʼne ganze Menge Menschen verschwinden. Männer wie Frauen«, relativierte Ana. »In so einer großen Stadt kann man schnell untergehen.«

»Vielleicht«, bestätigte Jan mit einem Kopfnicken, ohne dass er von ihrem Einwand überzeugt schien. »Aber so eine Regelmäßigkeit?«

»Wie meinst du das?«, zeigte sich Ana interessiert.

»Jedes Jahr verschwindet in der Zeit vom 20. März bis zum 24. März immer eine junge Frau auf mysteriöse Weise. Da steckt Methode dahinter.«

»Mysteriöse Weise? Was meinst du denn damit?« Ana war sich plötzlich nicht mehr sicher, ob Jan sich nur aufspielte. Gehörte er zu den Leuten, die Verschwörungstheorien nachhingen? Irrationale Begründungen für ungewöhnliche Erscheinungen und Begebenheiten suchten?

»Anders kann ich es nicht ausdrücken.«

»Und wie bist du auf die Fälle gestoßen?«, fragte Ana. Jan schien sich nicht erklären zu wollen. »Zeitungen, Blogs, Bekanntmachungen der Polizei«, gab er nur widerwillig preis. Er tippte sich auf seine linke Schläfe. »Du musst aufmerksam sein. Muster erkennen können.«

»Wenn es wirklich so ist, wie du sagst, dann hätte doch die Polizei was bemerkt«, wandte Ana ein wenig schnippisch ein.

»Nicht unbedingt. Die Ermittlungen werden in so Fällen rasch wieder eingestellt«, wusste Jan. »Wenn es keine Anhaltspunkte für Verbrechen gibt, keine Spuren – wie soll die Polizei dann auch vorgehen?«

»Und die Presse?«

»Die Journalisten vergessen noch schneller. Bei Claudia Junghans wird es auch so sein. In zwei, drei Wochen kümmert sich niemand mehr um ihr Schicksal.«

»Claudia Junghans? Du meinst die Frau mit dem Notruf im Treptower Park?«

»Ja«, bestätigte Jan. »Glaub mir. Vielleicht ist sie auch vier Wochen in den Schlagzeilen, weil sie so schön war und ihr Freund so gebettelt hat, dass sie zurückkommt. Mit Heiratsantrag und Entschuldigung.«

»Vielleicht ist sie ja wirklich abgehauen.«

»Möglich ist das natürlich. Aber auch wahrscheinlich?«

»Warum sollte es nicht so sein, dass eine schöne Frau untertaucht? Vielleicht ist ihr Freund ein Schwein und sie hat die Faxen dicke.«

»Auszuschließen ist das nicht«, überlegte Jan. »Aber eben nicht typisch. Absolut nicht.«

»Warum nicht?«, fragte Ana provozierend. »Wer verschwindet denn normal so?«

»Außenseiter, Alleinstehende, Gescheiterte«, verriet Jan ohne Umschweife. »Viele Fälle werden der Polizei nicht gemeldet. Warum auch? Die vermisst keiner. Die meisten tauchen aber irgendwann wieder auf. Die Ausreißer nach ein paar Tagen. Die mit Drogenproblemen nach einigen Monaten. Vielleicht auch nach einem Jahr. Meistens brauchen die irgendwann Geld und melden sich dann wieder bei ihren Angehörigen. Bei häuslicher Gewalt kommen die Frauen über kurz oder lang in Frauenhäusern unter. Bei den Fällen, von denen ich rede, ist das aber durchweg anders.«

»Inwiefern?«, wollte Ana wissen.

»Die Frauen sind älter als zwanzig, aber noch keine dreißig. Deutsche mit festem Wohnsitz, keine Verbindung zur organisierten Kriminalität, keine Drogen, soweit ich erkennen konnte. Studenten oder schon im Beruf. Also älter als klassische Ausreißer.«

»Klassische Ausreißer? Du meinst Teenager?«

»Genau.«

»Wie lange bist du schon da dran?«

»Seit 'n paar Jahren.«

»Und wie gehst du vor? Ich meine, du musst doch Kontakte bei der Polizei haben, oder?«

»Das ist kein Ding. Ich geb' mich einfach als Reporter aus.«

»Und das funktioniert so einfach?«, wunderte sich Ana.

»Yep. Du sagst, du kommst von der Onlineausgabe einer x-beliebigen Regionalzeitung. Mittelgroße Stadt. Die gibt es wie Sand am Meer. Die Leser wollen den Sumpf Berlin kennenlernen, behauptest du. Oder du sagst, du führst 'nen Blog. Eigentlich musst du nur zuhören können.«

»Zuhören?«

»Du glaubst gar nicht, wie redselig manche Polizisten werden, wenn du mit ihnen ins Gespräch kommst. Die schieben 'n Riesenfrust wegen all der Überstunden und ...«

»... der vielen Kriminellen, die sie festnehmen und die tags darauf wieder freigelassen werden.«

»Absolut.«

»Und die Polizisten schöpfen keinen Verdacht?«

»Bestimmt tun sie das sogar. Die sind ja nicht doof. Ich denke, sie wollen mir glauben, um sich den Frust von der Seele zu reden. Ich bin 'n guter Zuhörer, musst du wissen. Und ich kann schweigen.«

»Ich merke schon«, zeigte sich Ana überzeugt.

»Warum aber – und das will nicht in meinen Kopf – warum ermittelt die Polizei nicht in den Fällen? Bei allem Respekt für dich, aber das sind doch die Profis?«

»Die waren ja auch da dran gewesen. Nur nach ein paar Wochen stellen sie die Ermittlungen normalerweise ein, wenn nichts rauskommt. Zu wenig Personal. Zu viele Verbrechen. Wenn keine Leichen gefunden werden, was soll man da auch machen? In keinem der Fälle gab es irgendwelche Anzeichen von Gewalt. Oder Spuren eines Kampfes. *Spurlos verschwunden* ist nicht nur eine Phrase, weißt du. Das gibt es tatsächlich.«

»Irgendwo werden die Frauen schon abgeblieben sein.«

»Natürlich.«

»Wann ging die Serie los?«

»2001.«

»Und immer waren es junge Frauen?«

»Ja, wie schon gesagt.«

»Welche Gemeinsamkeiten gibt es sonst noch?«

»Alle waren Singles. Sechs der vierzehn Frauen waren musikalisch begabt. Haben mindestens ein Instrument gespielt. Eine Frau hatte sogar eine eigene Band.«

»So? Wäre das nicht in die Öffentlichkeit gekommen?«

»Nicht unbedingt. Nicht, wenn die Gruppe niemand kennt. Weißt du, wie viele unbekannte Musiker es da draußen gibt? Mit Begabung meine ich. Also nicht die ohne Talent ... die Sänger unter der Dusche ... so wie ich ...«

Ana lachte auf. »Verzeih«, bremste sie ihr Amüsement. »Das war unangemessen.«

»Kein Problem. Ich bin da nicht eitel.«

»Jan?«

»Ja?«

»Warum hast du so ein Interesse an diesen Fällen? Das hört sich ja fast schon so an, als wärst du … na … irgendwie … besessen davon?«

»Bei mir …«, begann Jan und stockte. »Eigentlich wollte ich dich ausfragen.« Verlegen kratzte er sich am Ohr.

»Dann hab ich jetzt den Spieß umgedreht.«

»Das hast du.«

»Und? Was ist jetzt?«

»Sag mir erst, warum deine Augen aufleuchten, wenn ich davon rede, dass es ein Muster hinter den Vermisstenfällen gibt. Was interessiert dich an … nun ja … diesen dunklen Geheimnissen?«

»Ich weiß nicht, ob …« Ana sah auf ihre Uhr. »Nun, einigen wir uns darauf, dass wir beide nichts von uns preisgeben wollen.«

Jan musste schmunzeln. »Das finde ich fair. Verrätst du mir wenigstens deine Nummer?«

»Das wär' keine gute Idee, denk' ich.« Ana verzog ihr Gesicht und stand ruckartig auf. »Wenn mein Mann wüsste, dass wir zusammen Kaffee trinken, dann würde er … puh …«

»Dann war's das jetzt?«, fragte Jan überrascht.

Ana biss sich auf die Unterlippe. »Gib mir doch deine Nummer«, bot sie an.

»Und wenn dein Mann auf dem Handy die Kontakte öffnet?«

»Ich speichere deine Nummer unter *Maniküre Happy Nails*. Da guckt er sicher nicht nach.«

»Was, wenn er doch anruft?«

»Dann rate ich dir, verdammt gut Bescheid zu wissen über Nagelpflege«, fügte Ana lächelnd an.

»Ich werde mein Bestes geben«, versprach Jan mit einem Augenzwinkern.

5

Langsam zieht das Wasser der Spree an mir vorbei. Und ich lasse es zu, denn irgendwann kommt es zu mir zurück. Es gibt keinen Grund zur Eile und Hast in diesem ewigen Kreislauf des Lebens. Ohne Anfang und Ende. Wie ein Nomade ziehe ich von Stadt zu Stadt, auf dass sich die Tränen und die Trauer gleichmäßig im Land verteilen. Und das Misstrauen der Bewohner. Maßvoll im Handeln will ich sein und meine Beute verehren, die mir Nahrung ist. Doch jede Generation wird mir ihr Opfer bringen.

Mein Winterlager habe ich Anfang Mai verlassen. Diesen Zufluchtsort während der kalten Jahreszeit lege ich Jahrzehnte vorher an, ehe ich ihn beziehe. Reiflich überlegt will der Ort des Refugiums während der Winterstarre sein. Gut abgewogen, wo es in der Zukunft still sein wird. Denn nichts kann ich weniger vertragen als den Lärm in dieser Zeit der inneren Einkehr und Erholung. In meinem Unterschlupf bin ich frei. Hier muss ich mich nicht verstellen. In vielen deutschen Städten habe ich mir in den letzten hundert Jahren derartige Schutzräume erschaffen. Manchmal muss ich sie verlassen, wenn Bezirke wachsen und Gebäude neu entstehen. Abgelegen sollte die Lokalität sein, unentdeckt von neugierigen Blicken bleiben. Ein unscheinbarer Raum in einem Keller, gut verborgen, geschützt durch verschlossene Türen und getarnte Zugänge. An möglichst abgeschiedener Stelle, damit ich in Ruhe die

Beute aus dem März verzehren kann, die mich für das Jahr stärken wird.

Ich habe wieder eine neue Arbeit angenommen. Es ist wichtig, den Arbeitsplatz zu wechseln und in Bewegung zu bleiben, damit die Menschen keinen Verdacht schöpfen. Misstrauisch sind sie allzuoft. In einem Großraumbüro mit dutzenden Mitarbeitern bin ich nun untergekommen. Der Verkauf von Produkten, die im Fernsehen beworben werden, ist mein täglich Geschäft. Den Arbeitsplatz habe ich mir nicht unbedacht ausgesucht. In diesem Umfeld kann ich den Menschen unbemerkt zuhören. Stundenlang. Dem Wispern ihrer zarten Stimmen lauschen wie dem Rauschen der Blätter im Wald.

Im mittleren von drei Bürotürmen an der Spree, unweit des Ostbahnhofs, werde ich mir in aller Ruhe eine neuerliche Beute aussuchen. Wichtig ist es, keine Spuren zu hinterlassen. Mit Bedacht vorzugehen. Unauffällig zu bleiben. Die Lage in aller Ruhe zu sondieren, bevor man zuschlägt. Die Zeit ist kein Feind, sondern mein Verbündeter, denn nichts entgeht dem Blick der Menschen so sehr wie die schleichende Veränderung. So altern sie wie im Zeitraffer neben mir, ohne im Geringsten verängstigt zu sein. Denn sie merken den Verfall ihres Körpers nicht. So wenig, wie sie das Wachstum von Grashalm und Birke wahrnehmen. Abgelenkt sind sie, gefangen in der erdrückenden Last des Alltags.

Von meinem Fenster im achten Stockwerk aus blicke ich zum Heizkraftwerk hinüber. Am anderen Ufer in Kreuzberg, an der Jannowitzbrücke, versammeln sich die jungen Menschen. Fünfzehn junge Frauen habe ich bereits in mir aufgenommen. Genossen. Aber mein Ziel ist unerreicht. Noch immer kann ich keine Liebe in mir spüren. Wie die Menschen, die sich nach der einen, nach der wahren Liebe sehnen, suche ich die eine Frau, die mir Perfektion verleiht. Die mir Vollständigkeit schenkt. Die eine, die meine Wünsche und Sehnsüchte erfüllt. Ich kann kaum erwarten, sie ausfindig zu machen und auszukosten.

6

»Wie viele scheiß leere Flaschen Wein hier wieder rumstehen. Säufst du eigentlich jetzt mittlerweile den ganzen Tag?« François tigerte aufgebracht durch das Designer-Wohnzimmer, während Ana, eine Decke bis zum Kinn gezogen, auf der Couch lag. »Und wie du überhaupt aussiehst«, regte er sich auf. »So total verquollen. Warst du heute überhaupt schon draußen?«

»Weiß nicht«, entgegnete Ana gleichgültig. Vom Alkohol benommen, war sie sich bewusst, dass die Schwermut sie heute in der Wohnung gehalten hatte. Wie festgekettet fühlte sie sich. Zurückgehalten von einem fremden, mächtigen Willen, der ihr die Sinnlosigkeit ihrer Existenz triumphierend vorhielt.

»Ist das jetzt meine Pflicht rauszugehen?«

»Pflicht? Scheiße! Welche Pflichten hast du denn überhaupt?«

»Es mit dir auszuhalten«, provozierte Ana ihn.

François ballte die rechte Hand zur Faust. »Reiz mich nur weiter«, drohte er ihr unverhohlen. »Dann geht es ganz schnell. Da hab' ich keine Probleme.«

»Du schlägst mich doch sowieso! Egal, was ich sage!«, schrie Ana ihm entgegen. »Wer war es denn diesmal, vor dem du den Schwanz eingekniffen hast, hä?«

»Was hast du gesagt?«, war François außer sich vor Wut. »Was hast du … hast du …? Schlampe! Steh gefälligst auf, wenn ich mit dir rede!« François zog ihr die Decke vom Körper und zerrte sie am Handgelenk von der Couch herunter.

Ana ließ sich auf den Boden fallen und begrub das Gesicht in ihrer Armbeuge. »Hat dir jemand an der Arbeit wieder einen eingeschenkt oder was?«, ätzte sie mit gedämpfter Stimme.

»Provozier mich nur weiter. Dann geht das hier ganz schnell!«, brüllte François sie aus voller Kehle an, die Hände zu Fäusten geballt.

Ana sah verächtlich zu ihm auf. »Schlag doch! Schlag doch zu, du Feigling!«, schluchzte sie.

François trat seiner Frau in den Unterleib. Ana stöhnte auf, krümmte sich vor Schmerz.

»Siehst du, was du davon hast? Selbst dran schuld bist du!«, verhöhnte er sie.

Ana stützte sich mit einer Hand vom Parkett ab und stemmte mit schmerzverzerrter Miene ihren Ober-körper in die Höhe, wobei ihr immer wieder die Luft wegblieb. »Ins Gesicht! Nur zu, schlag … mich ins Gesicht! Nur immer rein! Damit dei… deine Freunde morgen beim Empfang sehen, was für ein … Schwein du bist.«

Wutentbrannt griff François nach der Vase auf dem Tisch. Er schleuderte sie auf das gerahmte Foto an der Wand, das die beiden eng umschlungen an einem Palmenstrand zeigte. Der Rahmen für die kitschige Sonnenuntergangsromantik, die ein eigens dafür engagierter Profifotograf eingefangen hatte, zersprang und fiel mit den Vasenscherben zu Boden. Blumenwasser lief an der Wand hinunter. »Siehst du, was du angerichtet hast?«, schrie François sie vorwurfsvoll an. »Für so 'ne wertlose Schlampe wie dich wäre jeder weitere Tritt zu schade!«, erniedrigte er sie.

»Deine Mutter hat mich vor dir gewarnt«, jammerte Ana mit verheulten Augen. »Sie hat gewusst, was für ein Typ du bist. Was für ein schlechter Mensch …«

François beugte sich drohend über sie. »Lass meine Mutter aus dem Spiel, du Stück Scheiße.« Dann spuckte er auf sie aus. »Du bist es nicht mal wert, dass ich dir eine in die Fresse haue.«

»Deine Mutter hatte mich gewarnt«, schluchzte Ana vor sich hin, während François im Flur verschwand, sich die Jacke anzog und unter Fluchen und Verwünschungen die Wohnung verließ.

Den Kopf in der Armbeuge begraben, weinte Ana auf dem Boden liegend. Minutenlang. Wehmütig dachte sie an die verschwendete Zeit, an die verlorene Jugend, an die ewigen Schläge in den Unterleib. »Du machst mich nicht fertig! Du nicht!«, rief sie irgendwann trotzig in sich hinein.

Du nicht!

Die Wimperntusche längst zerlaufen, wischte sie sich die Tränen von ihrem Panzer aus Schminke, setze sich mit angezogenen Beinen auf die Couch, nahm das Smartphone in die Hand und öffnete ihre Kontaktliste.

Du machst mich nicht fertig! Du nicht!

Ana wählte die Nummer ihrer Freundin Frederike aus, schaltete auf Freisprechen um und zog sich die Decke über den Kopf.

»Ja«, meldete sich eine Stimme am anderen Ende. Die Frau klang so, als wäre sie von irgendetwas abgelenkt.
»Er hat's wieder getan.«
»Ana? Bist du es?«, versuchte Frederike einzuordnen. Sie schien nicht auf das Display zu sehen.
»Er hat mich wieder getreten«, verriet Ana ihrer Freundin.
»Wer? François?«
»Svynya«, beschimpfte Ana ihren Ehemann unbewusst in ihrer Muttersprache als Schwein.
»Ana, Schätzchen, warum … warum … verlässt du François nicht endlich? Vielleicht wäre das am besten. Am besten für uns alle.«
»Verlassen? Du weißt doch … meine Eltern … das Geld … wenn er …«, stammelte Ana.
»Ach was! Bei einer Scheidung bekommst du genug. Glaub' mir.«
»Der bringt mich um«, war Ana felsenfest überzeugt. »Glaub' mir, François bringt mich um!«
»Das ist doch Quatsch. Und das weißt du auch«, beruhigte Frederike sie.
»Ich … ich brauch jetzt wirklich jemanden zum Reden. Hörst du?«, wünschte sich Ana.
Am anderen Ende der Leitung blieb es stumm.
»Wirklich«, flehte Ana ihre Freundin an. »Du kannst mich doch nicht hängenlassen. Bist du bei dir zu Hause?«

»Ja …« Frederike stockte. »Aber Kleines, ich hab'
jetzt gerade überhaupt keine Zeit. Ehrlich. In zehn
Minuten muss ich weg. Du weißt, dass ich zweimal in
der Woche 'nen total wichtigen Termin hab'.«

»Bei der Psychologin?«

»Genau … und danach bin ich mit Janina und Babsi
beim *Engelchanneln.* Du kannst auch hinkommen …
ja, das würde dir helfen, wenn du 'ne Verbindung
zum Erzengel Gabriel aufbaust. Das würde dir
wirklich guttun. Eine spirituelle Reinigung wirkt
Wunder, glaub' mir.«

»Nein, denke nicht … schon gut«, seufzte Ana ins
Mikrofon ihres Smartphones. Von Frederike war
keine Hilfe zu erwarten. Und schon gar nicht von
Erzengel Gabriel. Sie hielt *Engelchanneln* für ein
lächerliches Spiel gelangweilter Hausfrauen. Mit
diesem spirituellen Hokuspokus konnte sie, eine
Frau, die mit beiden Beinen auf dem Boden stand,
nichts anfangen.

»Ich mach dir 'nen Vorschlag, Süße«, bot Anas
Freundin an. »Ich schick dir die Nummer von meiner
Psychologin. Der kannst du alles erzählen …«

»Ich denke nicht, dass mir das was …«

»Unsinn«, unterbrach Frederike sie. »Lass dir doch
helfen!«

»Deshalb rufe ich dich doch an … dich … eine
Freundin …«

»Professionelle Hilfe meine ich. Die brauchst du. Ich
bin dazu nicht ausgebildet. Ich schade dir da mehr,
als ich dir helfe«, wiegelte Frederike ab.

»Eine Freundin brauche ich jetzt aber. Keine
Seelenklempnerin.«

Im Hintergrund hörte man die blechern klingende Stimme eines Mannes. Zu leise und zu verzerrt, als dass Ana erkennen konnte, um wen es sich handelte. Das Schlagen der Haustür. Jemand schien in die Wohnung zu kommen. Frederikes Mann konnte es nicht sein. Der war für mehrere Wochen auf einer Dienstreise in Brasilien.

Ana beendete das Gespräch, ohne noch etwas zu sagen. Sie überlegte, bei wem sie Trost finden konnte. Ute und Svetlana, ihre besten Freundinnen, wollte sie nicht anrufen. Aus den Augen hatte sie die beiden verloren, als diese Kinder bekamen. Deren Probleme bezogen sich nun auf das Wechseln der Windeln und die Zusammenstellung des Babybreis. Zu schmerzhaft für Ana, jedes Mal daran erinnert zu werden, dass sie selbst kein Kind hatte. Ana ging ihre Kontaktliste durch, überblätterte die Nummern ihrer Eltern, ihres Bruder und der Verwandten ebenso wie die ihrer Schulfreundinnen und flüchtigen Bekanntschaften auf den gesellschaftlichen Events. Hunderte hatte sie davon. Small-Talk-Begegnungen, die für einen ungezwungenen Abend herhalten konnten, aber mit denen man keine Lebenskrise besprechen konnte. Und schon gar nicht, wenn sie vor ihnen ihren allseits geschätzten Mann als brutalen Tyrannen enttarnen sollte. Eine vorbildliche Ehe führten beide schließlich. Traumprinzessin und Traumprinz, vereint in einem Luxusleben, in perfekten Bildcollagen bei Instagram zur Schau gestellt. Ana sah auf, während sie mit dem Zeigefinger weiter über ihre Kontakte wischte. Sollte der Zufall doch entscheiden. Sie zählte bis vier, tippte mit dem Finger auf den Touchscreen und blickte auf das Display.

Happy Nails wurde als Kontakt angezeigt. Maniküre? Sie lachte sarkastisch auf. Grausamer Humor des Schicksals. Verspottet einen, wenn man schon am Boden liegt. Keine Gnade für eine geschundene Ehefrau. Doch dann, wie vom Schlag getroffen, hielt sie inne. Jan, kam es ihr in den Sinn. Hatte sie nicht dessen Nummer unter dem Namen des Nagelstudios gespeichert? Dieser schöne, mysteriöse und sensible Mann, den sie vor ein paar Monaten am Alexanderplatz traf. Bei dem sie sich nicht gemeldet hatte. Sollte sie etwa jetzt ...? Nach all der Zeit? Zunächst zögerte Ana und wollte die Entscheidung sorgsam abwägen, als ihr Zeigefinger wie von Geisterhand geführt das Telefonsymbol auf dem Display berührte. Das Freizeichen erklang viermal, bevor sich eine verunsicherte männliche Stimme meldete. »Ja?«

»Hier ist Ana.«

»Ana?«

»Die Frau, die du am Alex angequatscht hast. Weißt du noch ... ist ein paar Monate her das Ganze ... ach, vergiss es. Tut mir leid, dass ich dich belästige.« Ana legte auf und schüttelte den Kopf. Obwohl ihr Bauch vom Tritt ihres Mannes schmerzte und sie sich fühlte, als wäre ihr Leben gerade die Toilette runtergespült worden, kurzum ihr alles gleichgültig zu sein schien, hielt sie es für falsch, einen fremden Mann in ihre Eheprobleme einzubeziehen. Selbstsüchtig wollte sie keinesfalls mehr sein. Vielleicht hatte Frederike tatsächlich recht und die Hilfe eines Psychologen war vonnöten. Der Blick eines Profis auf die Scherben einer Ehe, den Schatten einer einst stolzen Frau, die Männerblicke auf sich gezogen hatte. Geld für Seelenheil. Ein fairer Deal.

Das Telefon klingelte, und der eingehende Anruf des Nagelstudios *Happy Nails* wurde angezeigt. Anas Herz begann wild zu schlagen. Sie wischte über das Display, um das Gespräch anzunehmen. Am anderen Ende der Leitung atmete jemand schwer. »Ana? Bist du es?«

»Ja«, entgegnete sie leise, fast schüchtern.

»Bin gerade aus der S-Bahn ausgestiegen und gehe die Treppe nach unten. Nicht dass du denkst, ich …«

»Nein, denk' ich nicht …«

»Natürlich weiß ich noch, wer du bist«, bekundete Jan. »Eine so schöne Frau vergesse ich doch nicht. Ich hätt' nicht mehr gedacht, dass du dich meldest. Nach all der Zeit.«

»Tut mir leid. Ich wollte es eigentlich. Aber weißt du … ich …«

»Du musst dich nicht rechtfertigen«, unterbrach er sie.

Ana kaute nervös auf ihren Fingernägeln herum wie eine verliebte Teenagerin mit Schmetterlingen im Bauch. Sie hoffte, dass Jan noch etwas in die Stille sagte, doch dieser schwieg. Eben noch der Brutalität ihres Mannes ausgesetzt, schien ihr Körper nach einem Ausweg zu verlangen. Nach Heilung. Ana verstand endlich die deutsche Metapher, wenn sich jemand im Wechselbad der Gefühle wähnte. Denn so erging es ihr jetzt. »Können wir uns …?«, begann sie schüchtern.

»... treffen?«, ergänzte Jan, ohne dass es eine Pause
gab.

»Ja …«

»Können wir reden?«

»Klar.«

»Aber nur über die … die … du weißt schon …
vermissten Frauen. Nicht mehr. Okay?«

»Ist gut.«

7

Berlin-Friedrichshain, 24. September 2014. Bürotürme an der Jannowitzbrücke, Call Center Euroshopper XX2Go, 13:20 Uhr.

»Der Typ da ist echt total schräg«, bemerkte Mandy Schulte und zwirbelte eine der Strähnen ihrer durch den massiven Einsatz von Haarspray gehärteten Frisur. Ein Piercing trug sie in der Nase und zwei Scheiben in den Ohrläppchen, groß wie Unterteller für Espressotassen. Die in Berlin obligatorischen Tattoos waren auf dem Körper angehäuft wie Bilder auf einer Motivtapete. Wahllose Gestaltungselemente, gedankenlose Sprüche, ausradierte Namen ihrer einstmals großen Lieben. Über die große Tätowierung auf ihrem Bauch, die einen Drachen hätte zeigen sollen, der mangels Talent des Tattoostechers eher einer Mischung aus Stier und Schlange ähnelte, hatte sie mehrere Nikotinpflaster geklebt. Die Notfallversorgung mit der Droge, denn bis zu den Raucherpausen schaffte sie es nicht, gegen ihre Sucht anzukämpfen. Die Arbeit im Call Center war strikt reglementiert; die Unterbrechungen zu selten, um ausreichend Zigaretten konsumieren zu können. Zwei Schachteln benötigte sie wenigstens am Tag. Die Haare hatte sie sich schwarz gefärbt, geziert von einer weißen Strähne längs des Scheitels. Es war eine modische gefleckte Tönung, wobei die Farbgebung ein wenig an die eines Stinktiers erinnerte. Mandy gehörte zu denen, die sich wenige Gedanken um die

Welt, dafür umso mehr Gedanken um ihr Styling machten. Die Farbe der Handyhülle passte zur Farbe der Hose, passte zur Farbe der Handtasche. Ein durchgängiger Türkiston zeichnete auch ihre Accessoires aus, die sie mit sich herumtrug. Stundenlang ausgesucht, monatelang zusammengetragen. Akribisch recherchiert. Modeerscheinungen wurden von ihr pflichtbewusst übernommen, wenn sie es erst bis nach Lichtenberg geschafft hatten, wo sie wohnte. Dazuzugehören war wichtiger, als später die Male an ihrem Körper zu bedauern. Sie glaubte sowieso nicht daran, die Dreißig zu überschreiten. Wollte sie denn einmal so werden wie ihre Mutter? Um Himmels Willen. Nichts fürchtete sie mehr, als eine dieser korpulenten Verkäuferinnen zu werden. Die Tätowierung über dem Po, im Volksmund Arschgeweih genannt, hatte sie ebenso mitgemacht wie die Solariumbräune. Sie störte sich nicht daran, dass ihr Vater, der ihre Leidenschaft für das künstliche Sonnenbad teilte, mittlerweile an Hautkrebs erkrankt war. Was wollte dieser alte Mann? Mit fünfzig hatte man es eh hinter sich.

»Richtig schräg, der Typ. Der geht auch nie aufs Klo, du«, lästerte Mandy weiter. Mit ihr in die kleine Küche gekommen waren Jessica und Francisca. Erstere war eine gelernte Frisörin mit Einserabitur, die ihre Begabung in Mathematik nicht hatte vergolden können, weil sie im Alter von 19 Jahren mit einem italienischen Pizzabäcker nach Italien durchgebrannt war. Sechs Jahre und eine Trennung später lebte sie mit ihren drei Kindern wieder bei den Eltern. Francisca war eine äußerst sensible Studentin und ewiges Mauerblümchen. Eine von denen, die sich schüchtern den Bücherstapel aus der Bibliothek vor die Brust pressten und mit gesenktem Haupt durch die Gegend liefen. In der kleinen Küche, in der neben einem Kaffeevollautomaten drei Mikrowellen standen, verbrachten die größtenteils weiblichen Mitarbeiter des Call Centers abwechselnd ihre kurzen Pausen, wenn sie sich nicht auf dem Dach des mittleren Drillingsturms zum Rauchen verabredeten.

»Ist 'n armes Schwein in seinem Rollstuhl und mit diesem Computerdings«, winkte Jessica ab, die Kaffeetasse wie die anderen schon zum dritten Mal aufgefüllt. »Sitzt da den ganzen Tag wie angekettet. Ich hab' nie gesehen, dass der sich groß bewegt.«

»Das ist 'n Sprachcomputer«, warf Francisca ein. »So 'n ähnliches Modell hat auch Hawking.«

»Wer?«, wunderte sich Mandy.

»Hawking. Der Physiker. Der hat irgend'ne Krankheit und kann nur noch seinen Mund spitzen. Aber nicht reden, nur einen Stift steuern, wisst ihr, mit dem er Buchstaben und Wörter vom Bildschirm auswählt. So ähnlich ist es bei Baumann auch.«

»Die Finger benutzen kann der aber noch.« Mandy schüttelte sich angeekelt bei der Vorstellung an ihren entstellten Arbeitskollegen. »Diese dürren Dingerchen. Lang und eklig.«

»Arthritis hat der, glaub' ich«, vermutete Francisca.

»Vielleicht sind das gar nicht die Finger, sondern seine Fingernägel. So krumm, wie die sind«, wandte Jessica ein und lachte angewidert auf.

»Igitt, ich muss gleich kotzen«, zeterte Mandy.

»Wisst ihr, wie der Baumann mit Vornamen heißt?«, machte Jessica ihre beiden Kolleginnen neugierig.

»Flos«, wusste Francisca.

»Wat?«, verstand Mandy nicht. »Floß? Wie dit Schiff?«

»Nein, FLOS«, buchstabierte Jessica. »Mit ’s’«.

»Also doch das Schiff?«, wunderte sich Mandy, deren Kenntnisse in Orthografie überschaubar waren.

»Blume heißt das auf Lateinisch«, wusste Francisca.

»Guck dir die an«, amüsierte sich Jessica. »Unsere blitzgescheite Studentin wieder mal.« Es schien so, als wäre sie neidisch auf ihre Kollegin. »Fräulein Neunmalklug.«

Francisca wurde rot im Gesicht und sah schüchtern zu Boden.

»Jetzt lasst mal den Baumann in Ruhe«, mischte sich ein Mann in das Gespräch der drei Frauen ein. Er ging geradewegs zur Kaffeemaschine und zog mit Hilfe einer Magnetkarte eine Kaffeekapsel aus einem Spender. »Das ist doch ’n ganz armes Schwein. Dieser Krüppel ist zu 120 % behindert.«

»Mike hat recht«, pflichtete Jessica ihm bei. »Ihr Hühner gackert ganz schön viel rum.« Sie sah zu Mike auf, um sich dessen Bestätigung einzuholen, doch dieser schien damit beschäftigt zu sein, die Kaffeekapsel in die Maschine einzusetzen. »Mädels, könnt ihr mir vielleicht mal hier helfen?«

»Also echt«, lästerte Mandy. »Du stellst dich ganz schön an ... für ’nen Mann.«

Mike fasste sich in den Schritt und sah Mandy provozierend an. »Jeder hat eben andere Stärken«, flirtete er aggressiv mit ihr.

»Zu groß für mich – da wird nichts draus«, wehrte sie seinen Annäherungsversuch ab.

»Vielleicht irgendwann, meine Liebe«, gab Mike nicht auf. »Irgendwann.«

Mandy kicherte. Verlegen hielt sie sich die Hand vor den Mund.

»Klar, Mike. Du kannst das auch locker sehen«, verstand Jessica. »Baumann ist keine Gefahr für dich im Hühnerstall. Da ist der Gockel generös.«

»Ein bisschen gruselig ist der Freak ja schon«, lenkte Mike ein. »Den ganzen Tag sitzt der im Rollstuhl an seinem Fenster. Und diese dicken Lippen und die dünnen Augenlider. Komischer Heiliger. Wisst ihr eigentlich, was der mittags macht?«

Jessica reichte Mike den frisch gebrühten Espresso und sah ihren Kollegen gebannt an.

»Dank dir, meine Liebe«, freute sich dieser über den Service. »Also in der Mittagspause«, fuhr er fort, »da macht der Baumann immer das Fenster auf und lässt sich die Sonne auf den Pelz scheinen.«

»Ja und?«, wunderte sich Mandy. »Dit war's jetzt? Dit mach ick och.«

»Wart mal ab«, ließ sich Mike nicht aus der Ruhe bringen. »Der Knaller kommt ja noch. Er stülpt sich so 'nen Trichter über den Kopf. Und wisst ihr was? Der ist innen mit Aluminiumfolie verkleidet.«

Mandy und Jessica sahen sich ungläubig an. Sie verstanden nicht, wovon Mike sprach.

»Die Dinger, die man früher benutzt hat, um die Sonnenstrahlen zu bündeln, damit man schneller braun wird?«, verstand Francisca als Erste. Sogleich biss sie sich auf die Unterlippe und sah betreten zu Boden. Wieder einmal hatte sie als Einzige eine Antwort parat gehabt. Dadurch war sie schon in der Schule zur Einzelgängerin geworden. Sich zurückzunehmen, war seitdem ihre Strategie, um von den anderen nicht gepiesackt zu werden – denn Streberinnen wurden verachtet. Wie häufig hatte sie bewusst Fehler in Schularbeiten eingebaut, damit sie nicht als Klassenbeste dastand.

Jessica, die Einserschülerin, musterte Francisca neiderfüllt. Im Gegensatz zu ihr war Jessica eine dominante Frau, die keine Konkurrenz neben sich duldete. Warum nur kam ihr der Sonnentrichter nicht in den Sinn? Natürlich kannte sie das Utensil, das vor der Erfindung des Solariums so häufig benutzt wurde. Am liebsten hätte sie Francisca ins Gesicht geschrien, dass auch ihr eingefallen war, wovon Mike sprach.

»Donnerwetter, du bist auf Zack«, schmeichelte Mike Francisca und klopfte ihr, argwöhnisch von Jessica beobachtet, auf die Schulter. »Wenigstens du kennst dich aus«, bestätigte er. »Von genau so einem Aluminiumtrichter spreche ich.«

»Bei dem Baumann bringt das Ding aber nichts«, lachte Mandy auf. »Käseweiß ist der immer doch.« Sie bewunderte die Bräune ihrer runzelig gewordenen Haut. Die UV-Strahlen hatten diese vorzeitig altern lassen, doch Mandy nahm nur den dunklen Teint befriedigt, fast glücklich wahr.

»Ich krieg jedes Mal 'ne Gänsehaut, wenn ich in die Nähe von Baumanns Bürobox komme. Ehrlich«, gruselte sich Jessica. »Diese Krampfadern in seinem Gesicht. Bä. Und diese komische Haut. Widerlich.«

»Heinrich mag ihn jedenfalls«, wusste Mike. »Der Chef ist ganz vernarrt in ihn. Einmal bekommt er für den Krüppel Zuschüsse vom Staat. Eingliederung von Behindus, na klar. Zum anderen macht der Baumann keine Pausen. Stellt keine Forderungen. Ist der Letzte abends im Büro und morgens der Erste. Muss in den Pausen nicht mal zum Pissen gehen.«

Jessica lachte auf. »Der perfekte Arbeitssklave.«

»Wirklich wahr«, pflichtete Mike halb neidisch, halb mitleidig bei. »Der lässt uns schlecht dastehen.«

»Baumann hat irgendwas … was Sonderbares«, erschauderte Jessica. »Ich kann ihn … tut mir leid … ich kann den nicht ab … der hat was Böses und Kaltes an sich.«

Plötzlich pikte sich etwas Spitzes in ihre rechte Schulter. »Willst du meine Freundin sein«, fragte eine dunkle, verwaschen klingende Stimme.

Jessica schrie vor Schreck auf. Blitzartig drehte sie sich um. Mike hatte sich unbemerkt von hinten an sie herangeschlichen, ihr mit einem Löffel in die Schulter gebohrt und dabei versucht, Baumanns computergenerierte Stimme nachzuahmen.

Mandy lachte voller Schadenfreude auf, während sich Francisca zurückhielt. Die diebische Freude, die sich in ihrem Gesicht spiegelte, konnte sie aber nicht unterdrücken.

»Ich finde das nicht komisch!«, giftete Jessica. »Ich hab echt gedacht, der Typ würde hinter mir stehen.

Heilige Scheiße! Ich hab gedacht, das wär's jetzt für mich!« Dann musste auch Jessica erleichtert auflachen.

»Schschsch«, bedeutete Mike ihr, den Zeigefinger auf den Mund gelegt, leiser zu sein. »Nachher kriegt der Baumann noch mit, was ihr über ihn gesagt habt.« Augenblicklich verstummte sie. Verängstigt sahen sich die drei Frauen an. So unwohl fühlten sie sich bei dem Gedanken, dass ihr ungeliebter Kollege gelauscht haben könnte.

»Nur locker bleiben, Mädels«, beruhigte Mike sie mit einem selbstzufriedenen Lächeln. »Big Mike wird euch schon beschützen.«

8

Auf der Spree, 26. September 2014. Oberdeck des Ausflugsboots »Belvedere«, 14:20 Uhr.

»Der Molecule Man aus dem Jahre 1999 ist eine dreißig Meter hohe Skulptur des amerikanischen Bildhauers Jonathan Borofsky«, wies die Stadtführerin über Lautsprecher auf das Monumentalkunstwerk hin, das in der Spree am Rande der Fahrrinne aufgestellt war. »Die unzähligen Löcher in den drei ineinander verschachtelten Männerfiguren, die sich gegenseitig stützen, symbolisieren die Moleküle, aus denen das Leben besteht. Moleküle, die zusammenkommen, um unser aller Existenz zu schaffen.«

»Merkst du was?«, fragte Jan die neben ihm sitzende Ana, während er zum Treptower Ufer der Spree hinüberblickte. Gerade war das Ausflugsboot unter der Elsenbrücke hindurchgefahren und hatte die *Treptowers* passiert. Ana wirkte abwesend. »Hat es dich auch schon erfasst?«, gab Jan nicht auf. An der Uferpromenade schlenderten entspannte Menschen entlang, küssten sich verliebte Pärchen, schworen sich ewige Treue. Im Badeschiff, einem Swimmingpool auf einer künstlichen Plattform im Fluss, aalten sich zufriedene Menschen im türkisfarbenen Wasser. Berlin – ein Spätsommertraum. Eine unendliche Leichtigkeit lag über der Stadt, ein *Savoir vivre* im sonst so rauen Osten Deutschlands. Ob Arm oder Reich, Jung oder Alt, alle schienen vereint, waren

Brüder und Schwestern. Und niemand war ausgeschlossen. Das Leben wurde als der wahre Luxus angesehen, an dem alle teilhaben konnten, nicht das Geld, das eigene Heim oder das schicke, kleine Boot. Kein Neid, kein Grund zur Eile, all der Stress und das Unbehagen abgeschüttelt. Süße Vergänglichkeit, heute für die Ewigkeit.

Ana schien all der Beschwingtheit nichts abgewinnen zu können. Wie ein Fremdkörper fühlte sie sich in dem ausgelassenen Trubel. Verkrampft saß sie neben Jan auf dem Oberdeck zwischen schwitzenden Touristen in der Sonne. Sie wäre nicht aus dem Haus gekommen, hätte Jan sie nicht auf das Ausflugsboot der Stern- und Kreis-Schifffahrtsgesellschaft eingeladen. Widerwillig hatte sie auf einem der billigen Plastikstühle Platz genommen und ließ sich den Fahrtwind durch die Haare streichen, während sie sich mit einem Glas Sekt über den Verlust jedweden Luxus hinwegtröstete. Jan hatte noch viel zu lernen, wenn er sie denn einmal richtig ausführen wollte. François würde ihr so einen profanen Ausflug niemals zumuten. François – sie schüttelte sich innerlich. Wüsste der von ihrer gemeinsamen Fahrt mit Jan, wollte sie sich gar nicht ausmalen, wie er reagierte. Möglich, dass die Konfrontation in einem Krankenhausaufenthalt endete. Für sie und für Jan. Oder schlimmer.

»Weißt du, was ich meine?«, wiederholte Jan, da er von Ana immer noch keine Antwort erhalten hatte. »Spürst du die Veränderung?«

Ana blickte in seine unendlich schönen Augen. Unergründliche Tiefe. Hätte dieser Mann nicht schon

Jahre vorher auftauchen können? Wieso hatte sie das Schicksal in die Hände dieses Widerlings François getrieben?

Jan lächelte sie an. »So in dich gekehrt bist du. Merkst du, wie es dich verändert?«

Ana mochte Jan nicht verraten, dass sie düsteren Gedanken nachhing. Nicht heute. Nicht schon wieder. Sie hatten sich mehrere Male getroffen. In einer Kneipe, im Park, im Museum. Immer dort, wo sie François niemals finden würde.

»Wie sich an Bord des Schiffes alles verändert«, fuhr Jan fort. »Die Zeit scheint sich … spürst du … wie sie sich … verlangsamt. Die kleinen Dinge gewinnen an Bedeutung. Das Rauschen des Windes im Uferbewuchs, die Möwen, die zu uns abtauchen, das Spiel der feinen Wolkenschleier. Alles scheint in Bewegung, um dann stillzustehen. Nur für uns. Und wegen uns.«

Ana leerte ihr Sektglas in einem Zug. »Wahrscheinlich brauche ich noch etwas Alkohol, um deine Gefühle zu teilen«, wehrte sie schroff ab, während sie ihm das leere Glas hinhielt. »Vielleicht gibt es ja doch noch Champagner. Frag mal nach.«

Jan schien nicht beleidigt zu sein. »Warum bist du so?«, fragte er geduldig lächelnd.

»Wie denn?« Ana wusste es nur zu gut.

»Warum kannst du dich nicht freuen, wenn andere glücklich sind?«, bemerkte Jan, doch es war nicht vorwurfsvoll gemeint, sondern voller Sorge um sie.

»Ich … es tut mir leid, Jan«, entschuldigte sie sich. »So leid. Ich wollte nicht … kann nicht …«

»So viel Schmerz«, erkannte Jan und strich ihr zärtlich über die Wange.

Ana ließ es geschehen. Sie wusste, dass sich solche Anzüglichkeiten für eine verheiratete Frau nicht ziemten. Streng und konservativ erzogen wurde sie von ihren Eltern in der Ukraine. Doch das war ihr jetzt gleichgültig. Und sie hoffte, dass Jan weiterging als die Male zuvor. Vielleicht hatte sich doch etwas geändert. Heute, an diesem sonnigen Tag, an Bord eines Schiffs. Vielleicht hatte Jan recht. »Du brauchst nicht … warte!«, rief sie ihm hinterher, doch der Mann, den sie so unverhofft am Alexanderplatz kennengelernt hatte, war bereits mit dem leeren Sektglas in Richtung Treppe aufgebrochen. Zu spät, um ihm zu sagen, wie wohl sie sich in seiner Gegenwart fühlte. Wie elektrisierend seine Berührungen waren und wie heilsam seine Worte auf sie wirkten.

Eine plötzliche Unruhe erfüllte das Oberdeck. Touristen stellten sich auf, um ein besseres Blickfeld zu bekommen, griffen eilig nach ihren Smartphones und Fotoapparaten. Die Oberbaumbrücke tauchte in ihrer vollen Pracht vor dem Boot auf. Ana bemerkte Kinder, die ihr von der Brücke aus zuwinkten, und sie erwiderte die unschuldig-heiteren Grüße. Der Wind strich durch ihr Haar, die Sonne wärmte ihre Haut. Alles war im ständigen Fluss. Und sie ein Teil davon. Es hieß, das Leben auszukosten; es zuzulassen. Jan hatte recht. Oh, wie recht er hatte.

»Hier noch ein Glas für meine Luxus-Lady«, platzte Jan in Anas verträumte Gedankenwelt.

»Ich habe doch … jetzt …«, wollte Ana darauf hindeuten, dass sie verinnerlicht hatte, wovon er sprach. Sie wehrte sich nicht mehr. ,… verstanden‘, ergänzte sie in Gedanken, ohne es aussprechen zu können. »Ich bin keine Luxus-Lady«, sagte sie dann, und sie wirkte trotzig dabei, ohne dass es ihre Gefühle widerspiegelte.

»Ich werde dich schon überzeugen.« Jan holte ein rotes Kopftuch aus der Tasche seines Kapuzenshirts hervor, warf es Ana über den Kopf und band die Enden lose über ihr Kinn.

Ana ließ es zu. Weil sie ihm vertraute. »Was machst du da?«, wunderte sie sich.

»Ein wenig den Fahrtwind aus deinem Gesicht nehmen«, erklärte er.

»Den Fahrtwind?«

»Sonst bläst der Wind dir noch all deinen Missmut aus dem Kopf.«

Ana lächelte unweigerlich. »Du Spinner«, sagte sie zärtlich.

»Diese Traurigkeit, meine ich. Und dieser trotzige Stolz. Der Stolz einer wunderschönen Frau.«

»Ich … ach, was …«, winkte Ana geschmeichelt ab.

»Weißt du. Ich bin hier häufig auf der Spree«, meinte Jan plötzlich nachdenklich. Hinweggeweht die Leichtigkeit und Freude in seinem Antlitz, verfinsterte sich seine Miene von einem Moment zum anderen. Und Ana verstand, wie ähnlich sich die beiden waren. Augenblicke des Glücks, unterbrochen vom Schmerz. Tausendfaches Wechselbad. Schreckliches Spiel der Melancholie.

»Warum bist du so oft hier?«, wollte Ana wissen.

Jan sah sie nachdenklich an. »Ich weiß nicht, ob du … vielleicht später …«, blockte er ab.

»Nein, sag' es mir jetzt, Jan«, bat Ana nachdrücklich. »Sag' mir, woran du denkst. Sag' es! Warum bist du so häufig hier? Hier auf der Spree?«

Jan streichelte Ana zärtlich über ihre Hand. Dann wandte er seinen Blick von ihr ab. »Um zu verstehen, wie unser Mörder tickt, bin ich hier an diesem Ort.«

»Unser Mörder?«, fühlte sich Ana jäh aus einem Traum gerissen. »Unser Mörder«, wiederholte sie ungläubig. »Warum?«

»Weil unser Mörder Zeit hat. Unendlich viel Zeit. So viel Zeit, sich sein nächstes Opfer auszusuchen.«

»Das ganze Jahr über …«, verstand Ana, was Jan meinte. Sprich nicht über Mord, flehte sie ihn in Gedanken an. Nicht an einem solchen Tag. Nicht heute. Auch wenn ich es normalerweise liebe, mit dir über die Vermisstenfälle zu reden. Ich habe dich doch verstanden. Verstanden, was du meinst. Und wie du fühlst. Gib mir noch eine zweite Chance.

»Und das Wasser ist die Verbindung«, fügte Jan hinzu, den Blick noch immer von ihr abgewandt.

»Weil Claudia Junghans am Ufer verschwunden ist?«, stieg Ana widerwillig in das Thema ein. Schuldig fühlte sie sich, dass sie die Gelegenheit, einen ungezwungenen Nachmittag mit Jan zu erleben, selbst zunichte gemacht hatte.

»Ja. Im Hafen. Da, wo wir losgefahren sind«, bestätigte Jan. »Am S-Bahnsteig des angrenzenden Bahnhofs hat sie ihren Notruf abgesetzt.«

»Ich erinnere mich. Es stand in der Zeitung«, pflichtete sie ihm bei.

»Weißt du, was mich so stört?« Jan drehte sich zu ihr um. Nervös rieb er seine Handflächen über die Oberschenkel. »Dass es allen so absolut egal ist. Da verschwindet eine junge Frau, nachdem sie den Notruf abgesetzt hat, und keiner schreit das heraus, was passiert sein muss. Alle schweigen, lehnen sich zurück und sehen weg. Wie kann man davon ausgehen, dass Claudia Junghans untergetaucht ist? Wie kann man? Dass sie keinem Verbrechen zum Opfer gefallen ist?«

»Ich weiß es nicht«, gab Ana zu. »Vielleicht ist es für alle besser zu denken, dass sie irgendwo anders ist. Glücklich in Italien. Mit einer neuen Liebe und nicht irgendwo verscharrt.«

Jan runzelte die Stirn. »Oh, das ist sie nicht. Bestimmt nicht«, widersprach er energisch. »*Er* hat sie nur mitgenommen. Er wird sie mit Sicherheit umbringen, aber noch besteht Hoffnung.«

»Er?«, wunderte sich Ana. »Wer ‚er‘?«

»Der Mörder. Die Bestie, die jedes Jahr im März zuschlägt.«

»Du redest über ihn, als wärst du mit ihm vertraut.«

»Tatsächlich?«, schien Jan über sich selbst erschrocken zu sein.

»Finde schon.«

»Ich beschäftige mich schon eine lange Zeit mit ihm. Versuche zu verstehen, wie er tickt. In seine Gedanken einzutauchen.« Jan klopfte sich mit den Fingerspitzen auf die Stirn.

»Warum glaubst du, dass er die Frauen nicht gleich tötet?«

»Weil er Zeit hat. Und die Dinge auskostet. Er aber auch maßvoll ist. Und kontrolliert vorgeht.«

»Ein Opfer pro Jahr«, stimmte Ana zu. »Immer dasselbe Schema.«

»Claudia ist noch am Leben, sag ich dir. Aber ich muss schnell sein. Ich muss die Verbindung zu ihm finden. Verstehen, wie er denkt. Seine Schritte vorausahnen. Rausfinden, wo sein Versteck ist. Ich muss die Punkte der unbekannten Figur verbinden. Wie bei einem dieser Rätsel-Zahlenbilder.« Jan ballte die Hände zornig zu Fäusten.

»Weshalb soll der Fluss die Verbindung sein?«, hakte Ana nach.

Jan sah sie mit weit aufgerissenen Augen eindringlich an. »Weil es an der Spree immer endet«, verriet er ihr aufgeregt.

»Endet?«

»Claudia dieses Jahr und vor drei Jahren war es genauso. Patricia hatte sich zuletzt vom *Haus der Kulturen der Welt* aus bei ihrer Mutter gemeldet. Sie ist abends allein an der Spreepromenade entlanggezogen.« Jan stockte einen Augenblick und fuhr dann verzagt fort. »Letztes Jahr und davor das Jahr kann ich nicht sagen, wo die Frauen zuletzt waren. Es war nicht rauszubekommen. Immer geht das nicht. Häufig kann man nicht zurückverfolgen, wo die Vermissten sich aufgehalten haben, bevor sie verschwunden sind. Claudia dieses Jahr, Patricia vor drei Jahren«, wiederholte er. »Aber der wichtigste Fall, der untrennbar mit der Spree verbunden ist, ist der erste.«

»Inwiefern?«, lauschte Ana gebannt.

»März 2001 war es. Im Schloss Charlottenburg, im Schlossgarten, ist es passiert. Manuela hatte sich gerade bei ihrem Freund gemeldet. Sie wartete auf ihn am Ufer, hat sie zu ihm gesagt. Zehn Minuten später war er da gewesen, doch Manuela war weg. Oh, du kannst dir vorstellen, welche Vorwürfe sich Mark gemacht hat?«

»Mark?«, unterbrach Ana ihn. »Der Freund von Manuela?«

Jan nickte. »Er hat sich das Hirn zermartert. Weil er nicht da war, als Manuela ihn gebraucht hat.« Jan senkte den Kopf, legte die Ellenbogen auf die Oberschenkel und begrub sein Gesicht in den Handflächen.

Ana stellte ihr Glas Sekt auf dem Boden ab. »Dir geht das ja richtig nahe«, erkannte sie und strich zärtlich über seinen Rücken, um ihn zu trösten. »Warum?«

»Ich muss den Mörder aufhalten. Ich muss … muss einfach«, sprach Jan wie manisch vor sich hin. »Es gibt nur so wenig Anhaltspunkte. Praktisch nichts. Er hinterlässt keine Spuren … es muss der Fluss sein. Es muss doch einfach, verdammt. Vor dreizehn Jahren am Schloss Charlottenburg, vor drei Jahren am Haus der Kulturen und dieses Jahr im Treptower Park.« Jan blickte zu Ana auf. »Verstehst du?«

»Ich versuche zu verstehen – glaub’ mir.«

»Der Mörder arbeitet sich stromaufwärts vor. Es muss so sein. Es muss. Ich hab’ sonst nichts.« Jan sah zu Boden und strich mit den Schuhsohlen über die Planken. »Spurlos … einfach spurlos … immer und immer wieder. Das gibt’s nicht. Es muss Spuren geben. Etwas muss zurückbleiben. Einmal muss er einen Fehler machen.«

Ana lehnte sich zu Jan hinüber und schmiegte ihren Kopf an den seinen. Sie wunderte sich darüber, warum er so besessen war von den Vermisstenfällen. »Ich helfe dir. Hörst du?« Sie kraulte zärtlich über seinen Nacken. »Zusammen werden wir schon herausfinden, wer der Mörder ist«, flüsterte sie ihm bestimmt ins Ohr. »Hörst du? Zusammen werden wir alles verstehen.«

Jan richtete sich auf und lächelte sie mit geröteten Augen an. »Ja«, sagte er, erleichtert ausatmend. »Vielleicht siehst du etwas, das mir entgangen ist. Vielleicht siehst du … Ich bin zu lange da dran, beurteile es nicht mehr von außen … objektiv. Ich bin … bin …« Jan stockte.

»Drei Fälle hast du aufgezählt, wo du sicher bist, dass alles an der Spree endete.«

Jan nickte.

»Drei Fälle von wie vielen?«, wollte sich Ana vergewissern, obwohl sie die Antwort bereits kannte.

»Drei Fälle von vierzehn. Seit 2001.«

»Nur drei von vierzehn?«, merkte Ana kritisch an.

»Es ist der einzige Anhaltspunkt. Es ist von Bedeutung. Glaub' mir«, verzweifelte Jan.

»Ich glaube dir«, richtete Ana ihn auf, während sie ihre Blicke über die Stadt schweifen ließ.

Das Ausflugsboot passierte die East Side Gallery. Von der Spree aus waren die Kunstwerke auf dem letzten verbliebenen Abschnitt der Berliner Mauer nicht einsehbar. Nur die Rückseite der Mauer mit unzähligen Graffitis und Tags der Undergroundszene war zu erkennen. Schmutzig und wild. Die Perspektive änderte sich vom Fluss aus, vergegenwärtigte sich Ana. Vertraute Blickwinkel verschoben sich. Einzig der Trägheit des Wassers überlassen, traten Details zu Tage, die im Straßenalltag verborgen blieben. Das Heizkraftwerk an der Jannowitzbrücke kam ins Blickfeld. In der achtgeschossigen, exklusiven Wohnanlage davor wohnte Anas Freundin Frederike. Eine 300 Quadratmeter große Luxuswohnung mit Blick auf die Spree. Ana bemerkte, dass eine brünette Frau in der vierten Etage auf dem Balkon stand. Instinktiv drehte sie sich weg. Frederike, verstand Ana sofort. Zu weit weg, als dass sie Ana unter all den Menschen an Deck erkennen konnte, war sie beruhigt. Trotzdem nahm sie vorsichtshalber den Arm von Jans Nacken und zog das Kopftuch ein wenig tiefer ins Gesicht, um sich zu verbergen. Aus den Augenwinkeln erkannte sie, dass jemand zu Frederike auf den Balkon trat. Frederike drehte sich um, fiel dem Mann um den Hals und küsste ihn. Intensiv und leidenschaftlich. Ana stockte der Atem. Es war ihr Mann François, der zu Frederike auf den Balkon gekommen war.

9

Zwei Monate später. Berlin-Mitte, 24. November 2014. Dachterrasse der KM-Bank am Pariser Platz, 21:25 Uhr.

Ana stand alleine, ans Dachgeländer gelehnt, den Blick abwechselnd über den Pariser Platz mit dem Brandenburger Tor schweifend und zu den Partygästen gerichtet, trank Champagner und aß das eine oder andere Kaviarhäppchen. Atemberaubend sah sie aus in ihrem Kleid von Yves Saint Laurent, die Haare streng zu einem Dutt nach oben gebunden, das Make-Up dem einer mondänen Filmschönheit nachempfunden. Perfekte Weiblichkeit im flackernden Licht der Öllampen einer altägyptischen Partydekoration. Plastikpyramiden, passend zur monolithischen Architektur des Areals. Vor einer halben Stunde schon hatte sich Anas Mann mit einem Bundestagsabgeordneten der Grünen an die Bar zurückgezogen. François war ein Meister, wenn es darum ging, Kontakte zu knüpfen, um weitläufige Netzwerke zu bilden. Sein Gehalt, das ihm sein Arbeitgeber Dietrich Pharma zahlte, richtete sich nach Qualität und Anzahl dieser Beziehungen in die Politik. Und die Beeinflussung eines Grünen Abgeordneten war besonders wertvoll, galten die Politiker dieser Partei in der breiten Öffentlichkeit doch als unbestechlich und ehrlich. Ana lachte in sich hinein. Zumindest jugendliche Idealisten glaubten, dass es einen Unterschied machte, ob man lange, zerzauste

Haare mit Latzhose trug oder gegelte Haare mit Schlips und Anzug. Gefälligkeiten unter Politikern zu verteilen, ihnen zu schmeicheln, Stärken und Schwächen herauszufinden – das war Françoises tägliche Arbeit als Lobbyist. Vorarbeit zu leisten, um Vertrauen zu gewinnen. Wie zufällig die Wünsche von Abgeordneten zu erfüllen, zwanglos und ohne ein Entgegenkommen zu erwarten. So konnte es monatelang, manchmal auch jahrelang gehen, ohne dass sich ein Politiker zu irgendeiner Gegenleistung veranlasst sehen musste. Irgendwann aber, irgendwann war Zahltag. Dann mussten die Gefälligkeiten abgegolten werden. Dann, wenn auf Druck der Öffentlichkeit vor Wahlen neue Gesetze verabschiedet werden sollten, die Pharmaindustrie stärker zu regulieren oder die Zulassung neuer Medikamente zu erleichtern, die viel teurer waren als die herkömmlichen, ohne einen zusätzlichen Nutzen zu bringen. So würde es auch beim Grünen Abgeordneten Neufelder laufen, mit dem François an der Bar den dritten oder vierten Cocktail trank. Natürlich wusste der um die Einflussnahme von Lobbyisten, hielt sich selbst aber für so ausgebufft, sich niemals auf einen Handel einzulassen. Doch der Würgeschlange François entging auch er nicht. Da der Abgeordnete Neufelder schwul war, schien Anas Rolle für den Abend festgelegt. Sie konnte sich das Treiben ihres Mannes entspannt aus der Entfernung ansehen. Nicht nötig, nachher dazuzustoßen und wie beiläufig ihre Brüste herausstrecken, um dessen Blicke auf sich zu ziehen. François hasste es, wenn sie mit einem Politiker flirtete, aber er selbst verlangte es von ihr.

Seine Karriergeilheit war noch größer als seine Eifersucht. Bezahlen musste sie hinterher so oder so. Schläge waren die Währung, ihr Schmerz seine Rache für die Anzüglichkeiten, die er ihr befahl.

Ana nahm einen großen Schluck vom Champagner. Ihr Blick auf die übrigen Gäste war von Spott geprägt. Es stellte sich als eine dieser typischen Verzehr-mich-und-geh-Partys mit ausgezeichnetem Buffet ohne große Qualität der Teilnehmer dar, gesponsert vom lokalen Energieriesen. Allzu viele Neulinge waren hier vertreten. Viele dieser Greenhorns standen aufgeregt und unschlüssig in den kleinen Gruppen herum, in denen sie gekommen waren. Hofften wohl, spekulierte Ana, dass der Alkohol ihre Hemmungen irgendwann fallen ließ. Bedauernswerte Figuren, die niemals Einfluss auf das politische Geschehen nehmen würden, dachte sie. Viele Drehtür-Lobbyisten waren ebenso gekommen – die direkt von der Senatsverwaltung zu den Interessenvertretungen der Industrie gewechselt waren. Die dritte Gruppe bildeten Vertreter von Umweltverbänden und Nicht-Regierungs-Organisationen, gleichermaßen junge wie unerfahrene Teilnehmer, die sich mit dem Mahl am Buffet begnügen mussten. Höchst unwahrscheinlich, dass sie eine Chance erhalten würden, mit einflussreichen Abgeordneten zu sprechen. Ein paar sehr hübsche Frauen waren darunter, fand Ana, doch mit ihr konnte es keine aufnehmen. Spieglein, Spieglein an der Wand – wer ist die Schönste im ganzen Land? Verstohlene Blicke der Männer auf dieses für sie unnahbare Geschöpf der Begierde, das sich lasziv an der Brüstung der Dachterrasse rekelte. Wie sehr sie es genoss.

»Du hier?«, begrüßte Ana freudig den leitenden Polizeidirektor Notger Reinhardt, den sie vor acht Jahren auf einer Party zum ersten Mal getroffen hatte. »Schön, dass du da bist«, erwiderte der Polizeidirektor freudig, als er an sie herantrat. »Ich hatte schon befürchtet, ich muss mir den Abend mit all diesen Arschlöchern totschlagen«, flüsterte er ihr erleichtert zu.
Ana kicherte, nippte am Champagner und senkte das Glas wieder. »Was treibt dich denn her?«
»Die Einladung des Oberbürgermeisters würd' ich sagen«, entgegnete Reinhardt und reichte Ana förmlich die Hand. »Alle Partys kann ich nicht ausschlagen. Ein paar Mal im Jahr muss ich das durchziehen.«
»Wir waren doch schon ein bisschen weiter«, flirtete Ana mit ihm. Sie bot ihm eine Umarmung an, die der Polizeidirektor zurückhaltend und etwas steif annahm.
»Ich habe den Oberbürgermeister noch gar nicht gesehen«, gestand Ana.
»Mhm«, überlegte Reinhardt. »Meier ist schon 'ne Ewigkeit mit dem Bundesinnenminister zusammen. Die müssen sich in eine der abgetrennten Sitzecken zurückgezogen haben.«
»Ich wundere mich. Sonst liegt Meier doch nicht so viel an der Polizei. Erstaunlich, dass er dich mitgenommen hat.«

»*Divide et impera*«, spottete Reinhardt. »Teile und herrsche. Will sich bei mir lieb Kind machen. Ein bisschen Kaviar, damit ich die Schnauze halte und die nächste Runde an Einsparungen vor meinen Jungs verteidige.«

Ana streichelte dem Polizeidirektor über die Schulter. »Hast dich rar gemacht in letzter Zeit.«

»Du kennst mich. Ich bin kein Typ für diesen Ball-Hokuspokus.«

»Ist mir schon klar«, wusste Ana. Sie mochte den Polizeidirektor. Seinen Feinsinn, seine gewiefte Art, seinen Zynismus. Obwohl erst Mitte vierzig, war seine Karriere in der Polizei steil verlaufen. Ein Intelligenzquotient von 156 erleichterte vieles. Wenn er stromlinienförmiger wäre, könnte er sogar in der Politik Karriere machen, war Ana überzeugt. Nein, mach es nicht. Bleib so, wie du bist, flehte sie ihn in Gedanken an.

»Manchmal vermisse ich die Arbeit da draußen auf der Straße«, bemerkte Reinhardt nachdenklich, fast melancholisch, als er zu den Lobbyisten und Politikern hinübersah. »Die Härte und die Ehrlichkeit. Das Unmittelbare. Als Kommissar kriegt man so einiges mit, glaub' mir. Nicht die Zuckerseiten des Lebens. Aber es ist doch nicht so ein Schein wie hier. Beileibe nicht so ein Schein.«

»Ich verstehe, wovon du sprichst«, sagte Ana.

»Ach, was soll's«, befand Reinhardt und winkte ab. »Es gibt eben für alles seine Zeit. Und meine Zeit auf der Straße ist abgelaufen.«

»Wer weiß das schon?«, relativierte Ana. »Wer kann schon mit Gewissheit sagen, was das Leben parat hält?«, ergänzte sie vielsagend.

Reinhardt lächelte sie an. »Du, wo ist eigentlich dein Mann?«

»Da hinten an der Bar. Zusammen mit Neufelder.«

»Ah, ja, ich seh' ihn.« Er nickte zustimmend. »Es läuft gut mit dir und François?«

»Ja«, erwiderte Ana beiläufig, wobei sie den korrekten Sitz ihres Dutts abtastete. Sie vermied es, Reinhardt in die Augen zu sehen. Der erkannte sofort, wenn jemand log.

»Du weißt, dass ich 'ne Menge gesehen hab'«, merkte er an.

»Ich weiß.«

»Es gibt viel Scheiße auf der Welt. Gerade da, wo man es am wenigsten erwartet.«

»Danke, Notger«, blockte Ana ab. Mein Mann ist ein brutaler Schläger und Fremdgeher, kam ihr die Wahrheit nicht über die Lippen. Mit einer meiner besten Freundinnen betrügt François mich, dachte sie.

»Wenn er dir Probleme macht, ruf' mich einfach an. Du weißt, dass man immer was machen kann. Gerade wenn er ... du weißt schon ...«

»Du bist 'n guter Kerl«, freute sich Ana, die Augen nach unten gerichtet. »Warum bist du eigentlich ... warum hast du eigentlich nie geheiratet?«

»Die besten Frauen sind schon vergeben«, redete sich Reinhardt heraus, während er den Blickkontakt zu Ana suchte. Diese sah jedoch lächelnd zu Boden. »Du findest sie schon noch«, machte Ana ihm Mut. »Irgendwann.«

»Ja, irgendwann.«

Beide drehten sich zur Brüstung um, legten die Unterarme auf das Geländer und ließen ihre Blicke über den Pariser Platz schweifen. Ein milder Novemberwind wehte durch ihre Haare, blies durch die Kleidung, ließ die Flammen der Öllampen flackern. Bald schon würde der Herbststurm beginnen.

»Darf ich dich etwas fragen?«, setzte Ana an.

»Klar. Leg los.«

»Redet man bei der Polizei eigentlich über die Vermisstenfälle?«

»Vermisstenfälle? Von welchen sprichst du? Bei 3,6 Millionen Menschen gehen 'ne Menge Leute verloren.«

»Die jungen Frauen, die immer zu Frühlingsanfang verschwinden.«

Reinhardt runzelte die Stirn. »Zu Frühlingsanfang?«

»Jedes Jahr eine Frau. Immer Ende März. Es ist eine Serie«, ordnete Ana ein.

»Jetzt fang du auch noch damit an«, winkte er ab. »Scheint ja um sich zu greifen.«

»Um sich zu greifen?«, war Ana verblüfft. »Wie meinst du das?« Gab es etwa bei der Polizei Ermittlungen, die in der Presse keine Beachtung fanden?, fragte sie sich.

»Steger. Polizeihauptkommissar a. D. Steger. Haut mich immer darauf an, wenn wir uns sehen. Aber ich bin doch raus aus dieser ganzen Sache. Gewissermaßen eine Privatperson.«

Ana sah zu Reinhardt auf. »Aber komisch ist das doch schon mit den Frauen, oder?«

Der Polizeidirektor schwieg.

»Gibt es eigentlich was Neues zu Claudia Junghans?«, bohrte Ana nach.

»Wem?«, fragte Reinhardt, aber er wirkte alles andere als überrascht bei der Erwähnung des Namens.

»Notger, du weißt, wen ich meine. Du vergisst nie einen Namen.«

»Ich höre allerhand. Mal hier, mal da. Lese Zeitungen und mache mir meine Gedanken.«

»Und du hast deine Kontakte. Du bist Insider.«

»Es ist anders, als du denkst«, bestritt er. »Die Neuen. Diese jungen Kommissare. Karrieresüchtig sind die. Und aalglatt. Zu denen bekomme ich keinen Draht mehr. Die Alten, mit denen konnte man sich noch unterhalten. Die waren offen. Die alten Hasen, wie der Steger einer ist.«

»Was denkt dieser Steger denn über den Fall Claudia Junghans? Glaubt er auch, dass es Mord war?«

»Ein Tötungsdelikt?«

Ana nickte. »Es kann doch keiner glauben, dass sie untergetaucht ist. Jetzt mal ehrlich …«

»Sie hatte Ärger mit ihrem Freund, aber der hat 'n wasserfestes Alibi.«

»Wusst' ich's doch!«, sagte Ana triumphierend und stampfte mit dem rechten Stöckelschuh auf. »Dich interessieren die Fälle also doch noch.«

Reinhardt lächelte verschmitzt. »Und wie ist es bei dir? Willst du immer noch in die Fußstapfen von Miss Marple treten?«

»Also, Notger«, echauffierte sich Ana künstlich. »Du vergleichst mich mit einer alten, korpulenten Jungfer?«

Reinhardt strich sich verlegen über die Stirn. Seine Wangen glühten. »So war das jetzt aber nicht gemeint«, erwiderte er, ohne zu merken, dass sie ihn aufzog. »Ich erzähle viel, wenn ich 'n paar Bier intus hab'«, rechtfertigte er sich.

Ana ließ ihn genüsslich zappeln.

»Ist mir 'n bisschen zu Kopf gestiegen. Du weißt, dass ich sonst nichts trinke«, schob er hastig nach.

Ana lachte auf. »Da hab' ich dich drangekriegt«, erlöste sie ihn.

»Das hast du«, atmete Reinhardt erleichtert auf. »Das hast du wirklich.« Niemals wäre es ihm in den Sinn gekommen, Ana zu beleidigen. Niemals.

»Und was sagt nun dein Freund?«

»Weißt du? Ich mache dir 'n Angebot ...« Reinhardt zog einen Zettel aus seiner Anzugstasche, zückte einen Kugelschreiber und notierte etwas darauf. »Frag' den Werner Steger doch mal selbst. Besuch ihn, red mit ihm über die Vermisstenfälle«, gab er ihr den Tipp.

Ana betrachtete die Adresse, die auf dem Zettel stand. »Eine Privatanschrift?«

»Steger ist längst pensioniert.«

»Ach so. Natürlich.« Ana versuchte, ihre Enttäuschung zu verbergen.

»Der freut sich über deinen Besuch.«

»Gut«, willigte sie zögerlich ein.

»Und Ana?«

»Ja?«

»Sei nett zu ihm. Der Steger hat in den letzten Jahren
arg nachgelassen. Körperlich wie geistig. Der kriegt
nicht mehr viel Besuch.«

»Okay«, stimmte Ana zu.

»Steger war einer der Besten. Denk daran, wenn du
ihn siehst. Das Leben … das Leben ist nicht immer
gerecht zu denen, die alles geben.«

»Ah, was macht denn mein Lieblingspolizist mit
meinem Liebling zusammen?«, mischte sich François
in das Gespräch der beiden ein, als er von der Bar auf
die Dachterrasse kam. Angeheitert wirkte er. Angeheitert und rasend eifersüchtig. Er fasste Ana um die
Taille und zog sie grob zu sich heran.

Reinhardt wandte sich für einen Moment angewidert
ab. Diszipliniert, wie er war, konnte er seine Wut
unterdrücken. Natürlich wusste er, dass François
seine Frau schlug. Jedes Mal zuckte Ana zusammen,
wenn er sie berührte. Häufig stand sie bewegungslos
wie eine Ikone im Raum. Viele vermuteten dahinter
die Aura von Unnahbarkeit, ein betörendes Körper-
spiel. Reinhardt verstand aber, dass für Ana an
manchen Tagen jede Bewegung Schmerz bedeutete.
Er mochte gar nicht daran denken, wie viele
Blutergüsse sie wohl unter ihrem teuren Ballkleid
verbarg. Körperlich hätte Reinhardt es leicht mit
François aufnehmen können. Da beide gut durchtrainiert und groß gewachsen waren, brachte ihm sein
Kampftraining den entscheidenden Vorteil ein. Gib
mir nur ein Zeichen, hoffte Reinhardt mit Blick zu
Ana. Ein Zeichen, und ich schlage ihn nieder. Hier
und Jetzt. Doch Ana sah nur unterwürfig zu Boden.

»Läuft es denn nicht mit den Grünen?«, musste sich Reinhardt mit Spott begnügen.

»Ach, den da, den hab' ich doch schon in der Tasche«, brüstete sich François. »Wenn du erlaubst, nehm' ich meine Frau jetzt mal mit«, lallte er.

»Mach's gut, Notger«, verabschiedete sich Ana schüchtern. Die selbstbewusste Frau hatte sich in der Gegenwart ihres Mannes in eine devote Puppe verwandelt. François zog Ana mit einer energischen Drehbewegung des Armes vom Polizeidirektor weg und entfernte sich mit ihr ein paar Schritte von ihm. »Wenn du noch einmal alleine mit dem sprichst, bring' ich dich um, du Schlampe«, zischte er Ana ins Ohr, wobei er weiter lächelte, als schäkerte er mit ihr. »Es ist echt schade, dass du schon gehen willst«, sagte er dann laut. Ein Befehl an sie, sich sofort nach Hause zu begeben, indirekt ausgesprochen. »Ich hab' noch an der Bar was zu bereden«, gab er vor, seine Frau nicht begleiten zu können. »Nachher stoße ich aber noch zu dir«, feixte er augenzwinkernd in Richtung des Grünen Politikers an der Bar, der sich gerade zu ihnen umgedreht hatte.

Ana würdigte François keines Blickes. Auch ihre Schauspielerei kannte Grenzen. Sie ging schnellen Schrittes zur Garderobe, ließ sich den Mantel reichen und stieg in den Fahrstuhl ein, der sie ins Erdgeschoss brachte.

»Ana Senkova«, begrüßte sie jemand im Foyer mit scharfzüngigem Unterton. Eine vertraute Stimme – keine guten Erinnerungen. Es war Hauptkommissar

Lutz Brunner, der sie hasserfüllt musterte. »Wenn das nicht Ana Senkova ist«, brachte er höhnisch an.

»Ana Heinzmann ist jetzt mein Name«, erwiderte Ana, die Brunner nur einen flüchtigen Blick zuwarf.

»Unsinn. 'Ne ukrainische Nutte bleibt 'ne ukrainische Nutte. Übrigens: Du bist mir noch 'nen Fick schuldig.« Niemand sonst war in der Nähe. Schamlos nutzte Brunner die wenigen Sekunden aus, bis Ana an der Rezeption vorbeiging.

»Reinhardt ist gleich da hinten. Wollen wir ihn dazuholen?«

Brunner stöhnte verächtlich auf. »Du siehst alt und verbraucht aus hier im grellen Licht – da kommt alles zum Vorschein«, giftete er. »Hätte nicht gedacht, dass du so schnell verwelkst. Botox ist jetzt wohl dein bester Freund.«

»Ich gehe dann jetzt wohl besser«, versuchte Ana, seine Beleidigungen zu ignorieren.

»In ein paar Jahren wirst du mich darum anflehen, dass ich dich ficke, du kleine Hure«, giftete er ihr hinterher. »Hörst du? Das wirst du immer bleiben. 'Ne dreckige, kleine Hure. Da hilft dir all dein Reichtum nichts.«

Ana hatte Brunner abgewiesen, der mehr als einmal um sie geworben hatte. Seitdem rächte er sich mit Gehässigkeiten an ihr; jedes Mal, wenn er sie traf. Sie hätte ihm Paroli bieten müssen, ärgerte sie sich. Mit François und Reinhardt im Rücken war sie in einer guten Ausgangslage. Notger würde ihm die Leviten lesen, überlegte sie. Sollte sie kehrt machen? Ihr fehlender Widerstand war ein Reflex, ein Schutzmechanismus aus früheren Zeiten, als sie nur den ukrainischen Pass besaß und jederzeit mit einer Abschiebung rechnen musste. Sie war in ihren Zwanzigern in der Berliner Undergroundszene unterwegs gewesen; hatte das Leben ausgekostet. Eine wüste Zeit. Na und? Kokain gehörte damals eben dazu, rechtfertigte sie sich vor sich selbst. Einmal hatte sie mit einem Kommissar geschlafen, damit er sie wieder gehen ließ und sie in Deutschland bleiben konnte. Einmal nur. Und das war vor einer Ewigkeit.

Ana stieg in eins der Taxis, das vor der Tür stand. Sie fühlte sich wie betäubt. Gedemütigt. Eine wunderschöne Aufziehfigur auf der Rückbank eines Autos, das ein Fremder steuerte. Innerlich gebrochen, blieb Anas Trauer anonym. Und die Tränen ungesehen von den Menschen, die sie kannte. Auf dass die Fassade beim nächsten Ball wieder erstrahlen konnte.

»Alles gut?«, erkundigte sich der türkische Taxifahrer. Ana nickte wie mechanisch. »Strausberger Platz«, gab sie das Fahrziel an.

»Herz komisch Ding«, versuchte der Taxifahrer sie aufzurichten, da er meinte, dass es sich bei einer zauberhaften Frau in einem Luxuskleid, die in einem Taxi bitterlich weinte, nur um jemanden mit Liebeskummer handeln konnte. »Herz kann breche von arme Leute und von reiche Leute. Geld spielt kein Rolle bei so'ne Sache.«

Jan, kam es Ana in den Sinn. Mehr als ein Name. Jan, strahlte ein Gesicht in der Dunkelheit. Jan, war ihre Hoffnung. Warum konnte sie es sich nicht endlich eingestehen? Sie wusste nicht einmal, wo er wohnte. Nicht einmal das. Sie holte ihr Smartphone aus der

Handtasche, wählte die Nummer der »Happy Nails«
und wartete sehnsüchtig darauf, dass Jan abnahm.
»Ana?«, fragte die Stimme am anderen Ende.
»Können wir uns sehen?«
»Ja.«
»Bei dir?«
Jan zögerte. »Gut«, stimmte er schließlich zu.
»Schick mir die Adresse doch per SMS. Und …«, Ana
stockte. »Und deinen Nachnamen. Damit ich …
damit ich weiß, wo ich klingeln muss.«
»Mach ich.«
»Bis gleich.«
»Ja, bis gleich.«

***

*23:20 Uhr. Berlin-Friedrichshain. Eine Appartement-
wohnung im dritten Stockwerk eines Altbaus am
Boxhagener Platz.*

Jan öffnete Ana die Haustür. Es schien, als habe er
sich schnell noch seine Hose und das schwarze
Kapuzenshirt angezogen, nachdem sie bei ihm
geklingelt hatte.
»Was ist los?« Jan bemerkte ihren zerlaufenen
Lidstrich und die verweinten Augen.
Ana kämpfte mit ihren Tränen, wollte stark sein.
Immer war sie so tapfer gewesen, doch jetzt konnte
sie nicht mehr. Ihr Körper hielt der andauernden
Belastung nicht stand. Die Fassade fiel in sich
zusammen und eine geschundene Seele kam zum
Vorschein. Nackt und erbärmlich. Keine Kraft mehr,

die strahlende Aura der wunderbaren, von allen beneideten Ana aufrechtzuerhalten. Kein Zauber, der andere in dem Glauben ließ, eine unnahbare Schönheit vor sich zu haben. Nichts war ihr geblieben. Verkrampft drückte Ana ihre Tasche an sich. Jan ergriff ihre Hand. »Was ist? Hat dir jemand … jemand was …« Er schluckte. »... angetan?«

Nimm mich in den Arm, bitte, oh bitte, flehte Ana ihn in Gedanken an. Jan ging einen Schritt auf sie zu, umarmte sie und drückte sie fest an sich. Ana schrie auf vor Schmerz. Erschrocken zuckte Jan zurück. Er schüttelte ungläubig den Kopf, verstört, da er befürchtete, sie verletzt zu haben. »Es tut mir leid … ich … ich wollte nicht …«, stotterte er.

»Es ist nicht wegen dir.« Ana schüttelte den Kopf. »All das, was ich zu dir sage, wie schroff ich zu dir bin …«

»Das bist du nicht«, widersprach Jan energisch. »Das bist du doch nicht.«

»All das – es ist niemals wegen dir. Niemals.« Ein stechender Schmerz durchzuckte ihren Körper und sie griff sich an den Unterleib. »Es ist nur … er hat mich … es ist alles …« Ana torkelte und stützte sich am Türrahmen ab, um nicht umzufallen. Jan griff nach ihr, fing sie auf. Seine Arme waren viel kraftvoller, als seine schlanke Statur vermuten ließ. Ana fühlte sich geborgen, auch wenn sie der Schmerz verkrampfen ließ. Die Muskeln angespannt, als wäre sie aus Stein.

Behutsam trug Jan sie in die Wohnung, legte sie auf die Couch und schob ein Kissen unter ihren Kopf.

»Ich hole dir ein Glas Wasser, ja?«, bot er fürsorglich an.

»Nein, warte«, flehte Ana. »Geh' nicht. Bleib bei mir!« Sag' mir, warum ich dich lieben soll, flehte sie in Gedanken. Sag' es mir.

Jan setzte sich zu ihr auf die Couch, sah ihr in die Augen und streichelte über ihre Wange. Ana wollte lächeln, doch der Schmerz verzerrte ihre Gesichtszüge. Zeig' mir, warum ich dich lieben soll. Zeig' es mir. Sie legte den Kopf nach hinten, nahm Jans Hand und führte sie nah an ihren Körper heran. Ihr Herz schlug bis zum Hals, und dann fühlte sie, wie erregt auch er war. Jan knöpfte ihr Kleid vorsichtig auf, zog die Bluse zurück, doch als er die Blutergüsse auf ihrem Bauch sah, hielt er entsetzt inne. Die Wahrheit, blau und grün eingefärbt. Kalt und schonungslos. Dutzendfach. Schockiert und ungläubig sah Jan zu ihr auf. »Mein ... Schatz, mein Schatz, was ist nur ...«, seufzte er bekümmert. Er beugte sich zu ihr vor, berührte mit seiner Nasenspitze die ihre. So zärtlich, wie noch niemals zuvor jemand ihre Nase berührt hatte. Ana schloss die Augen, spürte seinen heißen Atem auf ihrer Haut. Eine Träne tropfte auf ihre Lippen. Jan litt mit ihr. Wie sehr er mit ihr litt. Sie waren vereint im Schmerz. Er presste seine Stirn an die ihre, atmete aus, drehte seinen Kopf zur Seite und küsste sie zärtlich. So liebevoll und innig, wie sie noch niemals zuvor geküsst wurde.

10

Ich injiziere meinem Opfer ein Sekret, das es innerlich auflöst. Ganz langsam. Über Tage und Wochen. Der kostbare Saft konserviert den Menschen, gleichermaßen verflüssigt er die Organe. Den Gelee, der innerhalb der menschlichen Hülle verbleibt, trinke ich. Er stärkt mich für das Jahr und verleiht mir die Kraft, weiter zu wachsen.

Dass ich nicht wie die Menschen bin, ist mir früh bewusst geworden. Wenn ich ihnen meine wahre Gestalt offenbarte, würden sie mich jagen und zur Strecke bringen. Tarnung und Täuschung gehören somit zu meinen größten Vorzügen. Auszusehen wie sie, auch wenn ich vollkommen anders geschaffen bin. Manchmal denke ich, dass mein Streben danach, menschlicher zu werden, nicht mehr ist als die Angewohnheit eines Raubtiers, sich in den Fäkalien seiner Beute zu wälzen, um deren Geruch anzunehmen. Vielleicht dient es einzig und allein dem Zweck, dass ich mich näher an sie heranschleichen kann, um sie zu überwältigen.

Sein eigenes Ich anzunehmen, den Unterschied zu akzeptieren, das Anderssein. Die Vielfalt als etwas Kostbares schätzen zu lernen. In mancherlei Hinsicht bin ich dem Menschen überlegen. Ich werde älter als sie, bin robuster. Mit meinen zwölftausend Einzelaugen nehme ich die Welt um mich herum vielgestaltiger wahr. Anders als die Menschen bin ich dazu in der Lage, die hellen Felder wahrzunehmen, die sich wie

Schleier um alle Lebewesen legen. Ich denke, Menschen nennen es die Aura.

Ich war immer auf Helfer angewiesen. In vielen Städten habe ich menschliche Diener angeworben, die mir das nächste Opfer darreichten. Gefangen in einem äußerst widerstandsfähigen, wenn auch starren Körper, war der Anfang für mich nicht leicht. Die ersten Jahrzehnte meines Daseins waren entbehrungsreich. Zu langsam im Vergleich zu meiner Beute, konnte ich ihr nur auflauern und die mit Betäubungssekret getränkten Dornen an meinen Fangarmen in ihren Leib stoßen, wenn sie mir nahe genug kamen. Ich stand da, wartete und wartete. Oft vergeblich. Tage, Wochen, Monate vergingen, bis sich ein Mensch in meine Nähe begab. Angelockt wurden sie von dem, was sie für ein Gesicht hielten. Weiß und maskenhaft, war es für sie eine gänzlich mysteriöse Erscheinung. Etwas, das ihnen noch nie untergekommen war. Ich lockte sie, indem ich dieses weiße Antlitz in der Luft tanzen ließ. Die Menschen lieben das Geheimnisvolle. Das in ihren Augen Wunderschöne. Wie die Bienen sind sie von Farben fasziniert. Auch wenn es ihnen den Tod brachte, überwog doch meistens die Neugier in den Augen meiner menschlichen Beute. Nur für Bruchteile von Sekunden wich diese Hoffnung auf das Unentdeckte dem Entsetzen – dann hatte das Sekret sie bereits gelähmt.

Manchmal habe ich so lange im Wald gewartet, dass mir beinahe die Kraft ausging. Die Lebensenergie nahezu entschwunden, waren die wärmenden Strahlen der Sonne oftmals die einzige Rettung. Ausgehungert war ich, geübt im Verzicht. Doch die Askese bietet auch eine Chance: die Möglichkeit zur Selbsterkenntnis. Die Einsicht, wie ich in einer feinseligen Umgebung überleben kann. Meine Beute selbst sollte mir dabei nützlich sein. Und ich hatte den Schlüssel dazu seit langer Zeit zu meinen Füßen liegen. Hastig vergraben von einem Husaren der Österreichisch-Ungarischen Armee nach der Schlacht bei Königgrätz im Jahre 1866. Die Kriegskasse einer geschlagenen Armee, wie ich später in Erfahrung brachte. Der Offizier, der mir Nahrung war, gab mir auch die Perspektive für die Zukunft. Geld lässt die Menschen alles tun. Auch ihre eigene Art verraten. Sie stellen keine Fragen, warum sie jemanden in eine abgelegene Gasse führen sollen. Sie fesseln andere und legen sie in dunklen Kellern ab, in denen ich lauere. Ist der Betrag hoch genug, tun sie alles für mich. Und auch in Berlin, in dieser pulsierenden Stadt an der Spree, wird es so sein.

11

Berlin-Friedrichshain, 25. November 2014. Jans Appartementwohnung am Boxhagener Platz, 7:40 Uhr.

Ana stand in Jans Morgenmantel vor dem Bett und betrachtete den Mann, mit dem sie die Nacht verbracht hatte. Sie fühlte keinerlei Schuld gegenüber François. Auch keine Genugtuung, dass sie es ihrem Mann heimzahlen konnte, der mit ihrer Freundin fremdging. Keins dieser zerstörerischen Gefühle trug sie in sich. Sie war ganz und gar erfüllt von Zuneigung zu diesem Mann, den sie noch nicht lange kannte. Jan hatte sie heute Nacht immer wieder genommen. War tiefer in sie eingedrungen, als jemals ein Mann zuvor. Immer wenn sie aufstöhnte, hatte Jan innegehalten und sich versichert, dass es vor Lust war und nicht aus Schmerz. Am liebsten hätte sie es der ganzen Welt herausposaunt, dass sie ihr Glück gefunden hatte. Den Einen, den es galt zu finden. Den Richtigen unter Hunderttausenden. Millionen. Und Abermillionen.

Die Nacht war vollkommen – so wie sie es sich immer vorgestellt hatte als junge Frau, wenn ihre Liebhaber schon nach wenigen Minuten ihr Werk beendeten und sich selbstzufrieden wegdrehten. Bei Jan war es anders. Bei ihm gab es kein Ende im Akt und keinen Anfang. Ausdauernd beim Sex, behutsam, zärtlich und allumsorgend in den Erholungsphasen dazwischen. Sie könnte sich an Jans warmen Körper schmiegen, bis er erwachte, könnte seinen heißen

Atem auf ihren Körper fallen lassen. Bis der Tag zur Neige ging, könnten sie im Bett verbringen – doch es gab etwas, das zwischen ihrem Glück mit Jan stand. Furcht erfasste Ana. Die Furcht vor François. Ihre Hände zitterten. Noch niemals war sie die ganze Nacht weggeblieben. Niemals hatte sie ihn betrogen. Sie wusste nicht, was passieren würde. Jetzt zitterte ihr ganzer Körper. Sie brauchte etwas zu trinken. Und es war kein Wasser, nach dem ihr Körper verlangte.

Ana sah sich um. Jans Wohnung war ein Einzimmerappartement. Eine Altbauwohnung, Stuck an der Decke. Sie wunderte sich darüber, dass das Appartement offenbar schon möbliert gemietet wurde. Es gab nichts Persönliches von Jan. Nackte, kahle Wände, keine Zimmerpflanzen, keine Bilder. Nichts Privates. Keine Erinnerungsstücke. Wie in einem Hotelzimmer sah es aus. Ana ging zur Küchenzeile und öffnete den Kühlschrank. Kein Bier oder andere alkoholische Getränke. Vielleicht in dem Schrank, der neben dem Bett stand? Sie öffnete ihn, doch darin befand sich nur Kleidung. Sie suchte unter einem Wäschestapel, wo sie selbst häufig den Alkohol versteckte. Vergeblich. Warum durchwühlte sie nur die Anziehsachen von Jan? Was wollte sie wirklich? Waren es geheime Schnapsvorräte, die sie aufzuspüren hoffte, oder nicht viel eher ein Hinweis darauf, wer dieser Mann war, mit dem sie geschlafen hatte? Die Gewissheit darüber, dass er kein dunkles Geheimnis hütete, wie sie fürchtete? Jan blieb ein Mysterium. Ein unbeschriebenes Blatt, das sie allein mit ihrer Fantasie füllen musste. Zu schön, um wahr zu sein. Ana kaute auf ihren Fingernägeln. Ihr ganzer Körper schien zu schmerzen. Unbedingt brauchte sie jetzt etwas zu trinken. Sie zog sich rasch an, verzichtete auf das Schminken, trat leise zu Jan ans Bett heran und betrachtete ihn ein letztes Mal. In einem anderen Leben wäre ich zu dir ins Bett gekommen, dachte sie. In einem anderen Leben hätte ich mich an dich geschmiegt und dich nicht mehr gehen lassen. In jedem anderen Leben wäre ich geblieben, mein Liebling.

***

40 Minuten später. Strausberger Platz. Wohnung der Heinzmanns.

Das Bett war nicht benutzt. François hatte die Nacht woanders verbracht. Erleichtert atmete Ana auf. Sie ging in die Küche, schenkte sich einen Wein ein und trank das Glas in einem Zug aus. Eine tonnenschwere Last fiel von ihr ab. Möglich, dass François auf einer seiner Sauftouren versackt war. Vielleicht mit Neufelder, dem Abgeordneten der Grünen. Kontakte knüpfen im gemeinsamen Rausch. Eine überraschend gute Gelegenheit, Geschäftsbeziehungen zu vertiefen. Oder war er zu Frederike gegangen? Würde er schon so schamlos sein? Allen Anschein einer heilen Ehe fallen lassen? Ana bereitete François wie üblich das Frühstück vor, damit er keinen Verdacht schöpfte, dass sie die Nacht in einer anderen Wohnung verbracht haben könnte, schenkte sich noch ein Glas Wein ein und trank ihn. Sie duschte, schminkte sich in aller Ruhe und verließ die Wohnung. Den anstehenden Termin beim Friseur, der ihre Extensions erneuern sollte, sagte sie ab. Schließlich hatte sie Wichtigeres zu erledigen. Die Apotheke, in der sie sich Ibuprofen, Aspirin und diverse andere Schmerzmittel besorgte, sollte auf ihrem Weg nur ein Zwischenstopp sein.

***

Niederschönhausen im Norden Berlins, Reihenhauswohnung des pensionierten Kommissars Werner Steger in der Treskowstraße, 14:20 Uhr.

Ana klingelte an der Wohnungstür. Das Reihenhaus war aus den dreißiger Jahren, der Rauputz ergraut. Ein gepflegter Vorgarten, die Blumenkübel mit üppigem Bewuchs. Jemand musste sich täglich liebevoll um die Pflanzen kümmern. Perfekte Vorgartenidylle am nördlichen Stadtrand Berlins. Eine Katze saß neben der Wohnungstür und leckte sich die Vorderpfoten. Arglos war das Tier, als hätte es noch keine schlechten Erfahrungen mit Menschen gemacht. Wohl genährt, wurde es wohl von der gesamten Nachbarschaft mit Nahrung versorgt. Träge sah die Katze zu Ana auf und drehte sich dann mit zugekniffenen Augen weg, um sich die letzten milden Strahlen der Herbstsonne auf das Fell scheinen zu lassen. Ana hatte sich bei Werner Steger nicht telefonisch angemeldet und sich mit dem Taxi aufs Geratewohl zu der Wohnung des pensionierten Kommissars bringen lassen. Der Taxifahrer hatte angeboten, eine halbe Stunde auf sie zu warten. Er hatte Ana bereits mehrmals befördert, mochte ihre ungezwungene Art und schätzte ihr großzügiges Trinkgeld. In manchen Momenten schien es Ana so, als schmolz Berlin zu einem Dorf zusammen, in dem jeder jeden zu kennen schien.

Ein Mann Mitte siebzig öffnete die Tür. Die strähnigen Haare sorgsam zurückgekämmt, die Zähne gelb vom Zigarettenkonsum, wirkte er äußerst klapprig. Im Unterhemd und Jogginghose stand er da, atmete schwer und kratzte sich verlegen am Bauch. Überrascht schien er zu sein, um diese Uhrzeit Besuch zu bekommen. »Marga, ich glaub', wir haben 'nen neuen Postboten«, rief er in den Flur. »Und gleich so 'nen attraktiven.«
Ana hob die Werbebroschüre auf, die vor der Tür auf dem Boden lag. »Ich hab' leider keine Post für Sie. Nur diese Werbung für einen nagelneuen Laptop«, bot Ana augenzwinkernd an.
»Keine Briefe?«, tat Herr Steger überrascht. »Wer sind Sie dann? Von den Zeugen Jehovas? Oder … warten Sie … oder haben wir vielleicht im Lotto gewonnen?«, spekulierte er weiter. »Sind Sie unsere Glücksfee?«
Ana schüttelte den Kopf.
»Nein? Dann weiß ich auch nicht recht«, gab sich Steger geschlagen. »Marga«, rief er wieder hinter sich, »wer kommt uns denn so kurz nach dem Mittagessen besuchen?«

»Frag, ob er uns 'ne Versicherung andrehen will«, hallte eine energische Stimme durch den Flur. »Daraus wird nämlich nichts.«

»Es ist eine Frau, kein Mann«, korrigierte Steger.

»Bist du dir sicher?«, fragte die energische Stimme. Steger musterte Ana, die auf dem Treppenabsatz stand. »Also du weißt, dass ich jetzt kein Experte bin«, rief er mit ironischem Unterton in den Flur zurück, »aber ich bin mir schon ziemlich sicher. Mehr Frau geht wohl nicht.«

Eine ergraute Dame mit Schürze kam zur Tür vor. Das Gesicht aschfahl und vom Alter gezeichnet, schien sie von einer eisernen Strenge erfüllt zu sein. Einen Wischmop in der Hand, betrachtete sie Ana misstrauisch. Zu viele falsche Propheten, die sich an alten Menschen bereichern wollen, glaubte Ana ihre Gedanken lesen zu können. »Hören Sie auf, meinen Mann zu belästigen«, schien Stegers Frau in Sorge zu sein. »Sie sehen doch, dass es bei uns nichts zu holen gibt.«

»Verzeihen Sie, wenn ich so in Ihre Wohnung platze«, entschuldigte sich Ana, »aber ich möchte Ihren Mann dienstlich sprechen.«

»… dienstlich sprechen«, murmelte Herr Steger stirnrunzelnd vor sich hin. Dann breitete sich langsam ein Lächeln in seinem Gesicht aus. Als kämen all die Erinnerungen an eine längst vergangene Zeit in ihm hoch. Die guten wie die schlechten. Die Bedeutung, die man im Leben hatte, die Anerkennung, die man genoss, bevor das Alter einem alles raubte. Wehleidig der Blick, zog Steger den Bauch ein und richtete sich auf, als wollte er sagen, dass er bereit wäre für eine letzte Mission. Für einen allerletzten Einsatz. Seine Frau aber schien sich herausgefordert zu fühlen. »Wollen Sie mich vergackeiern oder was?«

»Keineswegs«, widersprach Ana, jetzt mit ernstem Unterton. »Ich habe von Polizeidirektor Reinhardt den Tipp bekommen, dass Kommissar a. D. Steger Hinweise zu den Vermisstenfällen hat, für die ich mich interessiere.«

»Notger?«, freute sich Steger. »Hab' ich lange nich' gesehen, diesen Burschen«, bedauerte er. »Richten Sie ihm schöne Grüße aus, wenn Sie ihn wieder sehen. Sagen Sie ihm, dass unsere Partie Schach noch offen ist.«

»Sind Sie von der Presse oder was?«, argwöhnte Frau Steger.

»Nein, ganz und gar nicht«, widersprach Ana.

»Was wollen Sie dann hier?«, fragte Frau Steger vorwurfsvoll.

Herr Steger berührte seine Frau beschwichtigend an der Schulter. »Wollen wir unseren Gast nicht in die gute Stube bitten?«

»Wir wissen doch gar nicht, wer sie ist«, blockte Frau Steger unwirsch ab.

»Ana Heinzmann, geborene Senkova«, stellte sich ihr Gast vor. »Besorgte Bürgerin und ernsthaft an der Aufklärung einer Serie von Morden interessiert.«

***

Herr Steger deutete auf eine Glasvitrine im Wohnzimmer, in der Ehrenurkunden, Verdienstnadeln und kleine Pokale standen. Sorgsam aufgereiht um gerahmte Gruppenfotos von uniformierten Polizisten. Er selbst war dort inmitten seiner Kameraden abgebildet. Ein Augenblick, eingefangen aus einer anderen Zeit. Schwarzweißfotos waren es, auf denen er jung war. Eine drahtige, strahlende Erscheinung mit stolzen Augen. Das Leben als ein Versprechen noch vor sich. Unzähmbare Jugend, die sich unsterblich fühlt. Nichts, was ihr etwas anhaben könnte. Keine Gefahr, die groß genug war — verglüht in der Zeit. Viel war nicht von diesem Mann übrig geblieben. Gebückt die Haltung, wirkten seine Augen, die hinter dicken Brillengläsern versteckt waren, nun eingetrübt und müde. »Sehen Sie hier unten?« Steger deutete auf ein altes Gruppenfoto. Der Jahreszahl auf der Jubiläumsinschrift nach war es von 1929. »Mein Vater und mein Großvater waren auch schon bei der Berliner Polizei. Ich ...« Kurzatmig ließ sich Steger auf die Couch fallen. Der unerwartete Besuch hatte ihn mitgenommen. Allzu groß die Aufregung im sonst so monotonen Alltag. So viel zu erzählen, doch nur noch so wenig Energie. Er wollte etwas sagen, rang aber immer wieder keuchend nach Luft. Ana stand hilflos daneben. Sie wollte ihm unter die Arme greifen, um ihm das Atmen zu erleichtern, doch er lehnte ab. »Frau Steger!«, rief Ana in die Küche. »Könnten Sie bitte kommen? Ihrem Mann geht es nicht gut!« Auf der Couch lag eine zerwühlte Decke, als hätte er einen Mittagsschlaf gehalten, bevor sie klingelte. Der Korb mit Medikamenten war auf dem gekachelten Wohnzimmertisch bereitgestellt. Eine Sauerstoffflasche lehnte neben dem Sofa an der Wand, der Schlauch mit dem Naseneinsatz griffbereit auf dem Kissen. Was sollte Ana jetzt machen? Sie sah, wie die Lippen von Herrn Steger blau anliefen und dieser sich japsend an der Lehne der Couch festhielt. Zügig, aber nicht überhastet, kam Frau Steger mit einem Tablett aus der Küche. »Alles wird gut, mein Schatz«, beruhigte sie ihren Mann, stellte Kaffee und Kuchen auf dem Wohnzimmertisch ab, drehte routiniert das Ventil der Sauerstoffflasche auf, zog ihrem Mann den Schlauch über das Gesicht, führte zwei kleine Plastikstreben in dessen Nasenöffnungen ein und streichelte ihm über die Wange. »Tief einatmen!«, sagte sie fürsorglich. Wie früher den Zigarettenrauch, inhalierte Herr Steger jetzt gierig das lebensbringende Gas, um seine kranke Lunge mit Sauerstoff zu fluten. Nach ein paar Zügen schien sich seine Verkrampfung zu lösen, und er sackte entspannt in sich zusammen. Es gefiel ihm nicht, wie mitleidig Ana ihn ansah. »COPD für den Cop«, flachste er, um die Todesangst, die ihn jedes Mal erfüllte, wenn ihm die Luft wegblieb, zu überspielen. »Die chronisch-obstruktive Lungenkrankheit für den Bullen.«

»Jetzt haben Sie meinen Mann zu sehr aufgeregt«, warf Frau Steger Ana vor, während sie ihr einen Kaffee reichte.

»Es tut mir leid«, entschuldigte sich Ana und nahm die Tasse entgegen. »Notger Reinhardt aber meinte, Ihren Mann würde es interessieren, was ich zu sagen habe.«

»Notger ist ein guter Junge«, befand Herr Steger.

»Es geht um die Vermisstenfälle. Ganz bestimmte Vermisstenfälle meine ich. Junge Frauen, die einer

Mordserie zum Opfer gefallen sein müssen«, erklärte Ana.

»Mordserie?«, wiederholte Steger elektrisiert.

»Jedes Jahr, immer Ende März, verschwindet eine junge Frau spurlos, ohne dass man je wieder was von ihr hört. Es ist immer wieder dasselbe Muster.« Ana beobachtete aufmerksam Stegers Reaktion. Der sah kurz zu seiner Frau hinüber. »Ich hab' dir gesagt«, sprach er triumphierend aus. »Ich hab' es dir gesagt, dass irgendwann jemand deswegen kommt.«

»Ach …« Frau Steger winkte kopfschüttelnd ab.

»Ich hab' es dir gesagt«, wiederholte Herr Steger voller Genugtuung. »Aber ich muss Ihnen widersprechen, mein Täubchen«, sagte er mit kindlicher Freude zu Ana. »Viel, viel früher ging es los.« Er lehnte sich zurück. »1931 fing alles an«, verriet er ihr.

»Werner!«, zischte Frau Steger. »Hör auf damit!«, befahl sie ihm.

»Was meinen Sie?«, war Ana irritiert. »1931?«

Herr Steger sah Ana mit leuchtenden Augen an. Als hätte er ihr ein Geheimnis anvertraut, das er allzu lange hüten musste. »Mein Vater hat es mir gesagt, bevor er starb.« Er warf einen kurzen Blick zur Vitrine hinüber. Dann lächelte er verschmitzt. »Nun, das hat er mir anvertraut und dass ihn meine Mutter viermal betrogen hat und er eigentlich gar nicht wüsste, ob ich wirklich sein Sohn wäre.«

»Die Morde …«, warf Ana ein. »Wenn es aber 1931 losgegangen ist … ich meine … heute … über achtzig Jahre später … wie soll das gehen? Wenn es derselbe Mörder ist?«

Herr Steger genoss es, dass Ana an seinen Lippen klebte. Atemzug um Atemzug inhalierte er den Sauerstoff, der aus der Druckflasche strömte. Pures Lebenselixier, mit dem er sich einen weiteren Tag erkaufte. Noch ein wenig die Zeit auskosten. Dass es jemanden gab, der daran interessiert war, was man sagte. Vielleicht das letzte Mal. »Alles begann im März 2000 mit einer vermissten jungen Frau in der Zitadelle Spandau«, fuhr Herr Steger für ihn ungewöhnlich wichtigtuerisch fort.

»2000? Wie? Sie sagten doch eben gerade, dass alles 1931 begann«, war Ana verwirrt.

»So hat es mein Vater mir erzählt. Und so hat es sich bis zum Krieg fortgesetzt. Jedes Jahr verschwand ein blutjunger Mann spurlos. Immer in der Zeit vom 20. bis zum 24. März.«

»Mann? Wie? Ich verstehe nicht, was Sie meinen. Es sind doch junge Frauen?« Ana runzelte die Stirn. Herr Steger schien durcheinander zu sein, vermutete sie. Fragend sah dieser zu seiner Frau hinüber, die ihr Gesicht in den Händen begraben hatte, als schämte sie sich für ihn. »Gotttogott«, murmelte diese vor sich hin.

»An der Zitadelle Spandau ging es los«, schien sich Herr Steger sammeln zu wollen. »Mit den jungen Frauen, meine ich. Bei denen ging es 2000 los.«

»Und 1931? Was war da?«, hatte Ana den Faden verloren.

»Nun, das hängt davon ab. Die zweite Serie begann jedenfalls 2000.« Irritiert sah Steger an die Decke. Er runzelte die Stirn, setzte seine Brille ab und rieb sich über die Augen. »Jetzt lassen Sie mich doch mal in

Ruhe nachdenken und fallen mir nicht immer ins Wort«, brummte er unwirsch. »Eine Serie begann 1931 und eine begann 2000. Das ist doch ganz einfach. In den Dreißigern waren es aber noch junge Männer gewesen, keine Frauen. Mein Vater hat mir gesagt, dass der Spuk erst 1945 vorbei war. Also jetzt nicht nur der Krieg, mein ich. Marga, jetzt sag' doch auch mal was.« Es schien, als käme ihm das Geheimnis, das er so lange hütete, jetzt selbst vor wie die Logik in einem Traum, die mit dem Erwachen in sich zusammenstürzte. Scheinbar geniale Gedankengänge, die im Tageslicht betrachtet nicht mehr waren als Trugschlüsse. Ein hilfloser Blick von Herrn Steger zu seiner Frau hinüber, die aufstand und den Regler an der Sauerstoffflasche weiter aufdrehte, bevor sie das Wohnzimmer wortlos verließ. »Ah, das tut gut«, freute sich Herr Steger. »Mein Vater hat mir das 2005 gesagt – kurz bevor er starb. Er hat es mir offenbart. Dass es wieder losgehen würde in Berlin. Die Serie, die ihn von 1931 bis 1945 in Berlin beschäftigt hat, wieder aufgenommen wurde. Es diesmal aber junge Frauen und nicht mehr Männer waren.«

»Kann man im Krieg überhaupt sagen, wie jemand verschwindet? Die Männer müssen an die Front und … gab es in Berlin nicht viele Tote durch die Bombenangriffe?«

»Bis zu den Bombenangriffen Anfang 1943 ging es geordneter zu, als man heute so denkt«, widersprach Herr Steger. »Zumindest meinte das mein Vater immer. Die hätten den Laden im Griff gehabt. In den Jahren 1944 und 1945 hatte er dann auch keine Übersicht mehr. Aber im März 1946 war der Spuk vorbei. Das konnte er sagen. Mit dem Krieg hatte sich auch das Problem der verschwundenen Männer in Luft aufgelöst.« Steger schüttelte den Kopf, als zweifelte er am Sinngehalt der eigenen Worten. »Das klingt jetzt so eigenartig … äh … Sie haben begriffen, wie ich das jetzt gemeint hab'?«

Ana wusste nicht, was sie von Stegers Einlassungen halten sollte. War der alternde Kommissar noch Herr seiner Sinne? Oder fantasierte er nur vor sich hin, wie die Reaktion seiner Frau vermuten ließ? »Es ist doch nur ein einziger Serienmörder, oder?«, stieg Ana wieder ins Gespräch ein.

»Wenn es kein Familienbetrieb ist, dann ist es nur einer«, scherzte Steger. »Einer, der keine Spuren hinterlässt. Der vorsichtig vorgeht. Wissen Sie, ich war schon wie ein ‚Profiler‘, bevor es diesen Beruf überhaupt gab. Vielleicht muss man ein wenig ein Eigenbrötler sein, um wie ein Eigenbrötler denken zu können.«

»Sie meinen, dass der Serienmörder ein Eigenbrötler ist?«

»Er hat sich mit Sicherheit niemandem mitgeteilt. Keinem anvertraut. Sonst wäre er schon verraten worden. Er muss abgeschieden irgendwo leben.«

»Aber ich versteh' nicht«, wandte Ana ein. »Wie soll das gehen? 1931 und jetzt? Wie alt soll er denn sein? Hundert?«

Steger nickte. »Ich weiß, was Sie meinen. Ein Täter, der über achtzig Jahre sein Unwesen treibt. Ein mordender Uropa? Kann so etwas sein?«

Ana tat sich einen Löffel Zucker in die Kaffeetasse und rührte um. Sie hatte heute morgen nur wenig

gefrühstückt und fühlte sich schrecklich ausgehungert. Den Bienenstich, den Frau Steger ihr
hingestellt hatte, mochte sie nicht. Sie hasste Kuchen.
Unschlüssig sah sie Steger an. Einen alten Mann im
Unterhemd auf einer Couch mit einem kitschigen
Blumenmuster. Aus der Zeit gefallen, am Leben
erhalten durch den Sauerstoff aus der Flasche. Das
Gehirn chronisch unterversorgt, der Organismus im
Kampf mit dem Tod.

»Ich habe es meinem Vater zuerst nicht geglaubt«,
gestand Steger, als könnte er Anas Gedanken lesen.
»Alt war der auch …. oh ja … und verbraucht. Fast
so klapprig wie ich.«

»Nein, nein so ist es nicht«, erwiderte Ana, als wollte
sie sich rechtfertigen.

»Ich sehe es an ihren Augen«, verstand Steger. »Sie
denken, dass ich ein dämlicher … dämlicher Trottel
bin«, knurrte er mit einer Spur Bitterkeit.

»Ich … wenn ich …«, stammelte Ana verlegen.

»Wenn ich das denken würde, wäre ich nicht hier«,
widersprach sie dann energisch. »Aber dass alles 1931
anfing … das ist doch … das müssen Sie zugeben …«

»Unmöglich ist es aber nicht«, merkte Steger an.
»Vielleicht hat er seitdem jedes Jahr weitergemacht.
Nie aufgehört. Er ist sehr vorsichtig, müssen Sie
wissen. Er will kein Risiko eingehen. Vielleicht hat er
die Jahrzehnte zuvor in anderen Städten sein
Unwesen getrieben. Sie müssen sich immer vor
Augen halten, dass er schon mindestens dreißig
Menschen getötet hat, ohne dass eine einzige Leiche
gefunden wurde. Er wurde bisher nie beobachtet, und
es gibt keinen Anhaltspunkt. Keinen einzigen. Wie

ein Phantom hat er agiert.« Fast schwang ein wenig Bewunderung in seinen Worten mit.

»Denken Sie wirklich, dass es sich bei beiden Serien um ein und denselben Täter handelt? Ist es denn typisch, wenn ein Täter erst Männer ermordet und dann, nach Jahrzehnten auf einmal auf Frauen umstei… äh … sie wissen, was ich meine.«

Stegers Augen leuchteten. Er schien in seinem Element zu sein. »Wenn ich etwas in den Jahrzehnten der Polizeiarbeit gelernt habe, dann ist es Demut. Das Wichtigste eines guten Ermittlers ist es, neugierig zu bleiben. Dinge zu hinterfragen. Immer wieder aus anderen Blickwinkeln zu beleuchten. Ist das, was man noch nicht kennt … ist das Unbekannte gleichzusetzen mit dem Unmöglichen? Oder muss man nicht viel mehr seinen Horizont erweitern? Die Vorgänge um sich herum kritisch betrachten? Die Serie, meine Liebe, diese Serie, die in Berlin jungen Frauen das Leben kostet. Jetzt. In diesem Jahr und im letzten Jahr. Und im Jahr zuvor. Niemand scheint es zu interessieren. Niemand scheint zu sehen, was vor sich geht. Das ganze Ausmaß des Schreckens zu realisieren. Warum ist das so?«, fragte Steger in den Raum und hielt inne. Dann sah er Ana in die Augen, der Blick fast theatralisch. »Weil unser Mörder Zeit hat«, flüsterte er ihr zu. »Als würde er uns verhöhnen, pickt er sich jedes Jahr nur ein Opfer heraus. Und wir erkennen es nicht. Wie eine Herde Schafe, die weiter gleichgültig grast, nachdem der Wolf seine Beute gerissen hat.« Steger schüttelte den Kopf. »Mit so vielen anderen Fällen war ich abgelenkt. So viele Fälle habe ich gelöst. Doch am Ende steht für mich dieses eine Rätsel um die Frühlingsverschwundenen.« Er atmete tief durch, nahm seine Tasse in die Hand und trank einen Schluck Kaffee. Genussvoll, als wäre es der Verdienst für seine Ansprache. »Und nun sitzen Sie hier. Hier bei mir«, fuhr Steger fort und lächelte Ana beinahe vergnügt an. »Eine Zivilistin. Und Sie wollen Antworten.«

»Ja, die will ich tatsächlich«, flüsterte Ana vor sich hin.

»Ich weiß noch, wer das Opfer Nummer eins war. Ich erinnere mich. An das Foto des Mädchens, das an der Zitadelle Spandau verschwand. Die erste junge Frau dieser neuen Serie. Am 21. März 2000 war es.« Steger betrachtete Ana ungläubig. Etwas schien ihm plötzlich an ihr aufzufallen. Eine Ähnlichkeit, die ihn erstaunte.

»Warum erwähnen Sie immer das Jahr 2000? Ging es nicht erst 2001 los?«, wunderte sich Ana. »Am Schloss Charlottenburg begann es doch«, wiederholte sie das, was Jan ihr gesagt hatte.

»Nein, definitiv nicht«, widersprach Steger. »Die Zitadelle Spandau war der Ausgangspunkt. Wie 1931 bei meinem Vater. Dort fingen beide Serien an. Nur deshalb ist er darauf aufmerksam geworden, dass da wieder was im Busch ist.«

Ana stockte der Atem.

»Die Eltern haben den Verlust nie verschmerzen können«, bemerkte Steger mitfühlend. »Schrecklich. Man mag es sich gar nicht vorstellen, wie es ist, ein Kind zu verlieren. Ich meine, wenn ich an meine beiden Jungs denke – ich kann mir gar nicht … die armen Eltern dieses hübschen Mädchens ... Monika Pfister hieß sie.«

»Sie haben den Namen parat? Nach all den Jahren?«, war Ana verblüfft.

»Was glauben Sie? Dass einem Bullen die Menschen hinter den Fällen egal sind? Einem das nicht an die Nieren geht? Ich sehe mich vor dem Klingelschild stehen. Zögerlich. Was soll man den Eltern sagen, wenn man die Suche nach ihrem Kind einstellt? Soll man sagen, dass sie vielleicht irgendwann wieder auftaucht? Soll man das? Oder soll man sagen, dass sie vielleicht ins Wasser gestürzt ist, wie die Zeitungen schrieben? Ertrank und in die Havel trieb? Was soll man sagen? Das, was man denkt? Dass sie irgendwo verscharrt ist? Ihnen die Hoffnung nehmen?«

Ana senkte ihren Blick. »Ich weiß es nicht«, sprach sie leise vor sich hin.

»Todesengel haben sie mich bei der Polizei genannt. Den Todesengel, der die schlechten Nachrichten überbringt. Auserkoren von den Kollegen. So oft habe ich für sie an den Wohnungstüren geklingelt. Ihnen die Arbeit abgenommen. Weil meine Kollegen meinten, ich könnte es am besten ertragen. Als der gefestigte Charakter, für den sie mich hielten. Unbeugsam und stark. Wissen Sie, was mein Fehler war? Dass ich nie ihre Bitten ausgeschlagen habe. Wie viel Leid darf man erblicken, bevor der Körper zerbricht? Wie viel Qual dürfen Augen sehen, bevor sie erblinden? Nach all den Jahren des Schmerzes ...«, brummte Steger, verschnaufte kurz und schüttelte dann den Kopf. »Ich bin zu alt, um es zu Ende zu bringen. Sehen Sie mich an: Ich kann mich kaum zehn Meter von der Sauerstoffflasche entfernen. Und Notger? Der interessiert sich nicht dafür. Wer soll es also zu Ende bringen?«, fragte Steger und sah Ana eindrücklich an. »Eine Zivilistin? Kann es so sein? So fernab von jeder Erfahrung?« Plötzlich erhellten sich seine Gesichtszüge. »Können Sie Dinge sehen, die anderen verborgen bleiben, Ana Heinzmann, geborene Senkova?« Er lachte auf. »Erster Polizei-hauptkommissar Werner Steger«, sprach er sich selbst an. »Was bedeutet schon die Ausbildung?« Er warf einen flüchtigen Blick zum Vitrinenschrank mit seinen Auszeichnungen hinüber. »Was ist der Ruf denn eigentlich wert? Sie sitzen hier bei mir, Ana. Sie sitzen hier, weil sie Fragen haben. Nicht Notger, nicht einer der anderen gescheiten Kommissare. Kein Journalist. Sie sind es, die zu mir gekommen ist. Und warum? Einzig und allein, weil Sie den Dingen auf den Grund gehen wollen.« Steger schloss für ein paar Sekunden die Augen, um in sich zu gehen. Langsam und entspannt atmete er mehrmals ein und aus, bevor er seine Augen wieder öffnete. »Warum denn nicht? Ungewöhnliche Täter erfordern unge-wöhnliche Ermittler«, entschied er, beugte sich zu Ana vor und tätschelte ihr Knie. Nicht aufdringlich, sondern fürsorglich wie ein Vater. »Aber Sie werden Hilfe brauchen, meine Liebe. Sich dem Täter zu nähern, erfordert Mut. In den Abgrund werden sie blicken. Wissen Sie überhaupt, worauf Sie sich da einlassen?«

Ana nickte entschlossen. »Ich weiß, was mich erwartet«, behauptete sie.

Steger hob erstaunt die Augenbrauen. »Das ist die Realität, keine Fernsehshow«, schien er nicht überzeugt zu sein. »Sie werden Hilfe brauchen. Unser Phantom ist hintertrieben, körperlich stark. Er geht überlegt vor, hat in all den Jahren keine Fehler gemacht. Keine Zeugen, die das Verschwinden der jungen Frauen beobachtet haben. Niemals. Nicht eine Spur zu ihm.« Steger rieb sich nachdenklich über die bei der letzten Rasur stehengebliebenen Bartstoppeln am Kinn. »Ich weiß nicht, ob ich Sie da reinziehen sollte. Ich möchte nicht, dass ich irgendwann eine Vermisstenanzeige über Sie lese.«

»Ich werde vorsichtig sein. Das verspreche ich. Geben Sie mir bitte ein Chance.«

»Sie rufen Notger sofort an, wenn Sie etwas herausfinden?«

»Ja. Das mache ich.«

»Sie werden aber noch mehr Hilfe brauchen, Ana Heinzmann«, brachte Steger an. »Beistand. Es kann sehr gefährlich werden.«

»Den habe ich. Es gibt da jemanden, den die Fälle ebenso interessieren wie mich«, versuchte Ana ihn zu überzeugen.

»Einen Mann?«

Ana nickte.

»Auch ein Zivilist wie Sie?«

»Ja.«

»Schlafen Sie mit ihm?«, fragte Steger Ana mit provozierendem Blick.

»Was? Bei allem Respekt, aber ich denke, das geht Sie nichts an«, verbat sich Ana pikiert.

»Gut, gut.« Steger winkte beschwichtigend ab und tippte sich mit dem Zeigefinger an die Schläfe. Er schien mit dieser Frage geprüft zu haben, wie sehr Ana ihre Emotionen zu kontrollieren vermochte. Herausfordernd, wie er damals in den Verhören die Verdächtigen aus der Reserve gelockt hatte. »Ich werde Ihnen die Telefonnummer von Frau Pfister geben«, bot er an. »Sie wird Sie nicht abweisen, wenn Sie sagen, dass Sie die Nummer von mir haben. Frau Pfister wird mit Ihnen reden, wenn es dem Andenken ihrer Tochter dient. Schaffen Sie das, was mir verwehrt blieb. Spüren Sie diesen Mörder auf, der so viel Leid über diese Stadt gebracht hat. Und befreien Sie Berlin von dieser Heimsuchung, Ana Heinzmann, geborene Senkova.«

***

Eine Stunde später. Berlin-Spandau. Wohnung der Familie Pfister.

Ana starrte auf das Bild, das auf dem Nachtschränkchen stand. Sie wusste nicht, wie lange sie schon bewegungslos davor verharrte. Ein kalter Schauer war ihr mehr als einmal über den Rücken gelaufen, als sie realisiert hatte, wer darauf abgebildet war. Ihre Welt war auf den Kopf gestellt. Wie gerne hätte sie die Augen vor der Wahrheit verschlossen. Vielleicht wäre sie besser davongerannt, als Frau Pfister sie vor einer gefühlten Ewigkeit in die Wohnung bat. Seltsam berührt war Ana vom Schicksal der frühzeitig ergrauten Frau, die neben ihrer einzigen Tochter vor drei Jahren auch noch den Mann verloren hatte. Bei ihm war es der Krebs gewesen. Eine schreckliche Krankheit und die Tat eines Serienkillers. Zwei heimtückische Mörder, die ihr die beiden liebsten Menschen raubten. Ungebrochen erzählte Frau Pfister von ihrer Tochter, ließ die Erinnerungen der kleinen Familie an bessere Tage wieder aufleben. Gemeinsame Urlaube an der Ostsee. Unbeschwerte Zeiten am Strand. Lichtblicke, die auch in einer dunklen Zeit nicht gänzlich erloschen. »Wenn ich doch nur wüsste, wo sie begraben liegt«, wiederholte Frau Pfister immer wieder. »Wenn ich doch nur einen Ort der Trauer hätte. Etwas, das von ihr verblieben ist.« Gut schien es ihr zu tun, mit Ana über ihre Tochter zu sprechen, auch wenn die Erzählungen mit so viel Leid verbunden waren. Wie sehr wünschte sich Ana die Stärke, die Frau Pfister ausstrahlte. Jetzt, im Anblick der Wahrheit, die mit einem Foto auf dem Nachttischchen zu Tage trat, auf dem zwei Menschen abgebildet waren. Wie nichtig die Gedanken, die sie soeben noch in sich trug. Wie unbedeutend. »Frühlingsverschwundene«, hatte Steger die Fälle um die vermissten Frauen genannt. In der Polizei hatte man sogar einen griffigen Namen für die vermissten jungen Frauen. Ob Kommissar Steger mit seinen Kollegen jemals so offen diskutiert hatte, wie er es mit ihr tat? Oder war der Sohn so verschlossen wie der Vater und offenbarte sich nur seiner Familie? Zu abstrus war die Vorstellung, ein Täter könnte über mehrere Generationen sein Unwesen treiben. Zu absonderlich, als dass man den eigenen Ruf aufs Spiel setzen konnte. Doch all das beschäftigte Ana nicht mehr. War so hinfällig wie das Herbstlaub im nächsten Frühjahr. Wie gerne würde sie das Rad der Zeit zurückdrehen. Wie sehr wünschte sie sich, niemals die Wahrheit erfahren zu haben. Gerührt hatte Ana die Erinnerungsstücke an ein junges Leben betrachtet, das so abrupt beendet wurde. In einem Zimmer, das Frau Pfister seit dem Verschwinden ihrer Tochter unangetastet ließ. Irgendwann fiel Anas Blick auf das Foto, das auf dem Nachtschränkchen stand. Monika war dort abgebildet: lächelnd, unschuldig und überglücklich. Sie sah ihr sehr ähnlich, stellte Ana verblüfft fest. Ungeheuerlich ähnlich. Vielleicht hatte Frau Pfister deshalb so schnell Vertrauen in sie geschlossen. Vielleicht war das der Grund für ihr ungläubiges Staunen, als sie ihr die Tür öffnete. Die Herzlichkeit, die ihr nach einem Moment des Zögerns entgegenschlug. Das Foto war in einem billigen Rahmen eingefasst, das Weichgummi hob sich bereits an den Stellen ab, an denen der Kleber nicht mehr hielt. Ein Augenblick der Vergangenheit, eingefangen als grausame Erkenntnis für die Gegenwart. Verliebt schien Monika Pfister in einen jungen Mann Anfang zwanzig zu sein, der sein Gesicht inniglich an das ihre drückte. Gemeinsam sind wir stark, schienen die beiden ausdrücken zu wollen. Ana lief erneut ein kalter Schauer über den Rücken. Das Gefühl des Verlassenseins erfasste sie und durchdrang sie alsbald ganz und gar. Als würde ihr jemand den Boden unter den Füßen wegreißen, als gäbe es auf der Welt keinen Platz mehr für sie. Die Wahrheit lächelte sie sorglos in der Gestalt von Jan an. Jung und unbeschwert.

Voller Liebe zu der Frau, die er in den Armen hielt. Voller Liebe zu Monika. Anas Verstand suchte nach einem Ausweg, um nicht die schreckliche Realität anerkennen zu müssen, hoffte darauf, dass Frau Pfister neben sie trat und ihr den grausamen Scherz offenbarte, den sie sich mit ihr erlaubt hatte. Doch all das geschah nicht. Und würde nicht geschehen. Jan, der Mann, mit dem sie die Nacht verbracht hatte. Jan, der gerade erst gewonnene Liebhaber, der ihrem Leben wieder einen Sinn gegeben hatte. Dieser Mann schmiegte sich auf dem Foto ganz eng an Monika. Jene junge Frau, die das erste Mordopfer der zweiten Berliner Mordserie wurde.

12

Das Wesen des Menschen, Kontakte zu pflegen, ist mir fremd geblieben, auch wenn ich mir im Laufe der Jahrzehnte viele ihrer Eigenschaften angeeignet habe. Das Streben nach Fortschritt und Glück. Die nächtliche Ruhe oder den Schlaf überhaupt. Allerdings bleibt mir die Welt zu den Träumen verschlossen. Mittlerweile kann ich mich mit Hilfe der modernen Technik, genauer gesagt dem elektrischen Rollstuhl und dem Sprachgenerator, recht frei unter ihnen bewegen. Dabei verhülle ich für den Menschen abnorm erscheinende Körperbereiche wie den Rumpf durch Kleidung. Die Wirbel auf meinem vorgetäuschten Hinterkopf, die sich unvermeidlich durch die verschränkten Fangarme bilden, verberge ich unter einem Hut. Zwei meiner Hinterbeine nutze ich als Arme. Das Gesicht macht den Menschen menschlich. Wenn auch starr und unbeweglich, so kann ich ihnen ein symmetrisch geformtes Antlitz bieten, das ihren Argwohn zu beschwichtigen scheint. Ihnen vertraut vorkommt, auch wenn es nur aus Chitin geformte Schildrücken meiner eingefahrenen Fangarme sind. Obwohl ich seit einigen Jahren im ständigen Wechsel des Arbeitsplatzes einfache Schreibtischtätigkeiten ausführe, wurde mir bewusst, dass ich lieber beobachte, als dass ich mich unter die Menschen mische. Schnell wie Fliegen umschwirren sie mich. Rastlos und ohne Ruhe. Aus einem gänzlich anderen Holz als meine Beute bin ich geschnitzt. Einen finanziellen Grund gibt es nicht, unter ihnen zu wandeln, ohne dass ich sie fresse. Immerhin ermöglicht mir die Nähe zu ihnen, sie umfassender zu studieren. Vielleicht kann ich auf diese Art zu einem noch besseren Jäger werden.

Mit niemandem kann ich über meine Herkunft reden. Es gibt keinen, der meiner Art entspricht. Keinen, der mir in irgendeiner Form ähnlich ist. Möglich, dass ich der Erste einer neuen Spezies bin. Aber ich bin beileibe keine Konstante auf diesem Planeten. Die Zeit scheint auch an mir nicht spurlos vorüberzugehen. Es ist nun anders als in all den Jahrzehnten meiner Existenz zuvor. Eine Veränderung steht mir bevor. Von einer inneren Unruhe erfasst, spüre ich, dass mich ein allumfassender Wandel ereilen wird. Es ist nicht das übliche Verlangen nach einem menschlichen Leben, nach dem ich zu Beginn des Jahres dürste. Es ist ein vollkommen neues Gefühl, das sich in mir regt. Werde ich meinem Streben nach Perfektion mit diesem Schritt näherkommen? Einhergehend mit dieser Veränderung steigt mein Hunger in das Unermessliche. Ich weiß instinktiv, dass ich mich in diesem Jahr zum ersten Mal überhaupt nicht mit einem einzigen menschlichen Opfer begnügen werde. Nicht begnügen kann. Denn bald schon werde ich nicht mehr alleine wandeln in dieser feindseligen, fremden Welt, die ich wie ein Pionier erst noch erobern muss.

13

Vier Monate später. Berlin-Kreuzberg, 21. März 2015. Exklusive Appartementwohnungen an der Jannowitzbrücke, 21:50 Uhr.

Frederike stand aufgeregt auf dem Balkon ihrer Wohnung und wartete auf ihren Liebhaber. Irritiert und unsicher dachte sie darüber nach, dass François ihr beim letzten Sex die Kehle zugedrückt hatte, bis sie keine Luft mehr bekam, und sie dann mit voller Wucht ins Gesicht schlug. Normalerweise liebte sie seine härtere Gangart im Bett, aber gestern war er zu weit gegangen. Sicher war es ein Versehen, redete sie sich ein, eine Unbeherrschtheit im Augenblick der Lust. Nichts, weswegen man sich Sorgen machen musste. François war nun einmal kräftig, wollte sich Frederike des Gedankens erwehren, der sie seither umtrieb. Dass er Ana tatsächlich all die Jahre misshandelte. Es keine erfundenen Geschichten ihrer Freundin waren, um im Mittelpunkt zu stehen, wie sie bis dahin argwöhnte.

Frederike hatte ein schlechtes Gewissen ihrem Mann gegenüber, der zum dritten Mal in diesem Jahr für mehrere Wochen in Brasilien unterwegs war, um für Volkswagen eine neue Produktlinie aufzubauen. Aber noch mehr bereute sie ihre Beziehung zu François gegenüber ihrer Freundin Ana. Frederike wusste zwar, dass Ana ihren Mann hasste, aber dennoch war es gänzlich falsch, mit ihm zu schlafen. Jede Ausrede wäre fadenscheinig, musste sich Frederike eingestehen. Ana in die Augen zu blicken, wenn sie sie sah. Sie zu belügen. Professionell und kalt hatte sie diese lästige Pflicht erfüllt. Gelernt, mit dieser Schuld umzugehen. Denn Liebe war stärker als Reue. Und ihr ungezügeltes Verlangen unterdrückte die Schuldgefühle. François war alles, was sich Frederike von einem Mann erträumte. Gutaussehend und groß, gepflegt und wohlhabend. Und im Bett von der raueren Sorte. Sie liebte es, wenn er ihr den Slip herunterriss und sie von hinten nahm, während er an ihrem Zopf zog, als hielt er den Zügel eines Pferdes. Sex mit ihm war aufregend, wild und leidenschaftlich. Mit ihrem Mann war es hingegen ein bürokratischer Akt. Freddy war das Gegenteil von François: anständig, aber langweilig. Korrekt und nie spontan. Ihre Ehe mit ihm kam ihr seit Jahren wie die Abarbeitung einer To-Do-Liste vor, die Ausführung eines minutiös ausgearbeiteten Zeitplans. Eines Zeitplans der Mittelmäßigkeit. Pflichtbewusst abgehakt, ohne etwas Überraschendes zu bieten. Würde man ihr Leben auf schnellen Vorlauf stellen, würde ein Außenstehender sich nach einer Minute zu Tode gelangweilt haben, resümierte sie schonungslos. Außerdem hatte François einen Grund fremdzugehen, redete sie sich zudem neuerdings ein. Ana trank übermäßig und wurde dann noch launischer, als sie es sowieso schon war. Tagelang verkroch sie sich dann, hing ihren depressiven Gedanken nach und bemitleidete sich als benachteiligte, gering geschätzte Ukrainerin.

Frederike strich zufrieden über ihr eng anliegendes, schwarzes Kleid. Die Brustwarzen drückten sich begehrenswert durch den transparenten Stoff, nachdem sie entschieden hatte, auf ihren BH zu verzichten. Sie hatte eigens Entwässerungstabletten eingenommen, damit ihr durchtrainierter Körper noch mehr zur Geltung kam. Ein aufregendes Date sollte es werden, eine Verabredung, berauschend wie die erste. Frederike besprühte sich ausgiebig mit Parfüm und kämmte sich ein allerletztes Mal durch ihr schulterlanges, schwarzes Haar, das seidig glänzte. Sie war aufgeregt wie eine blutjunge Frau bei ihrem ersten Date. Jeden Augenblick musste ihr Liebhaber klingeln. Dann würde sie zu ihm nach unten eilen, ein wenig außer Atem bei ihm ankommen – die ein oder andere Schweißperle auf der Stirn, wie es ihn erregte – und ihm in die Arme fallen.

Es klingelte. Das musste François sein. Frederike stürmte aus der Wohnung, schlug die Tür hinter sich zu und rannte, die Stöckelschuhe in der Hand, die vier Etagen nach unten. Noch bevor sie die Außentür öffnete, zog sie die Schuhe wieder an und richtete ihr Kleid, damit ihre Brüste noch mehr hervorstachen. Als sie die Tür aufriss, stand niemand auf dem Treppenabsatz. »François?«, rief sie voll freudiger Erwartung. »Wo bist du?« Sie ging ein paar Schritte vor das Haus und sah sich um. Der Porsche ihres Liebhabers stand nicht wie gewöhnlich auf dem Gehsteig. War nirgends zu sehen. War er etwa zu Fuß gekommen? Oder hatte sich mit dem Taxi bringen lassen? Weder François, noch sonst irgendwer war zu sehen. Nicht einmal im Uferbereich der Spree, wo normalerweise die jungen Leute bis spät in die Nacht feierten, hielt sich jemand auf. Ein Wolkenbruch, der vor ein paar Minuten über Berlin gefegt war, musste alle vertrieben haben. »François? Langsam finde das echt nicht mehr witzig«, beschwerte sich Frederike. Wo war ihr Lover nur? Zwei Laternen an der Spree waren ausgefallen. Dunkel war es. Frederike fröstelte es, obwohl es eine milde Märznacht war. Ungewöhnlich mild. Etwas knackte im Gebüsch, das direkt am Ufer wuchs. »Ich hab' dich gehört!«, atmete Frederike erleichtert auf. »Du kannst rauskommen.« Sie ging ein paar Schritte auf den Strauch zu, in dem sich François vor ihr verstecken musste. Ob er sie mit einem Bund Rosen überraschte wie beim letzten Mal? Oder sogar mit einem Diamantenring? Den Ring, den sie ihm im KaDeWe gezeigt hatte? Zu düster war es, als dass sie etwas erkennen konnte. Zu wenig Licht wurde durch das Wasser der Spree reflektiert. »François? Ich hab' keinen BH an«, wurde ihr Rufen zu einem Locken. »Siehst du, wie hart meine Brustwarzen geworden sind?«, wollte sie ihn erregen. Nichts rührte sich. François schien auf ihr Werben nicht eingehen zu wollen. Frederike gefiel das Versteckspiel ihres Liebhabers ganz und gar nicht. »Ich geh jetzt rein, hörst du?«, rief sie erbost. »Wenn du willst, kannst du dich zeigen. Oder auch nicht. Ich bin jedenfalls oben, wenn du mich suchst.« Sie wartete darauf, dass sich etwas im Gebüsch bewegte. Aber nichts dergleichen geschah. »Dann eben nicht!«, zischte Frederike zornig in die Dunkelheit.

»Ich will dich jetzt gleich ficken«, ließ François' Antwort sie aufhorchen. Eine Stimme, merkwürdig vertraut und doch von eigenartiger Fremdheit. Wie häufig hatte er den Satz gesagt, wenn sie ihm die Tür öffnete. Gierige Aufforderung zu einem Quickie im Keller. Vorsichtig ging Frederike auf die Bank am Ufer zu, von der die Stimme zu kommen schien. Doch auf dieser Bank saß niemand. »François?«, eine unsichere Frage in die Nacht.

»Ich will dich jetzt gleich ficken!«, schien seine prompte Antwort zu folgen. Jetzt erkannte Frederike, woher die Stimme kam und warum diese so eigenartig auf sie wirkte. Sie erschauderte. Ein Tonbandgerät lag auf der Bank; die Abspieltaste war gedrückt.

»Ich will dich jetzt gleich ficken«, die grausame Wiederholung eines hinfälligen Wunsches. Dann endete die Aufzeichnung.

Was hatte das zu bedeuten?, fragte sich Frederike. Sie fröstelte erneut, rieb sich über die nackten Oberarme. Welches Spiel wurde hier nur gespielt? Als sie sich umdrehte, schlug sie mit dem Kopf gegen etwas Hartes. Vor Schreck knickte sie mit ihren Stöckelschuhen um und fiel zu Boden. Ihr neues Kleid war beschmutzt. »Du Arschloch!«, giftete Frederike, weil sie glaubte, dass sich ihr Liebhaber von hinten an sie herangeschlichen hatte. Doch es war nicht François. In schierem Unglauben blickte sie das merkwürdige Wesen an, das sich ihr in den Weg gestellt hatte. Fast drei Meter hoch war es. Ein stammartiger Leib, der eine Rinde wie ein Baum zu haben schien, wurde getragen von vier dünnen Beinen. Wie absonderliche

Streben stemmten diese den Rumpf in die Höhe, an dem zwei verkrüppelte Beinchen schlaff herunterhingen. Frederike sah fassungslos auf. War das ein gemeiner Scherz, den sich François mit ihr erlaubte? Gestützt von einem langen, äußerst flexiblen Hals, fuhr ein Gesicht zu ihr hinab. Wie von einem Puppenspieler bewegt, näherte es sich. Ein helles, merkwürdig glänzendes Antlitz. Ohne Mimik. Zur Maske erstarrt. Als leuchtender Kontrapunkt zu einer perfekten Tarnung, in der der Rumpf wie der Stamm einer Eiche wirkte und die Extremitäten wie Zweige. Frederikes Herz schlug wie wild. Ihre Atmung setzte aus, als sie realisierte, dass es um ihr Leben ging. Starr vor Schreck, war sie nicht in der Lage zu fliehen. Ein hilfloser Blick zur Straße. Kein Auto, das sich näherte. Kein Held, der sie retten würde. Alleingelassen, nur zehn Meter von der Wohnungstür entfernt, angegafft von einer fremden Kreatur. Plötzlich teilte sich das Gesicht, das sie gemustert hatte. Sprang regelrecht auseinander. Entsetzt erkannte Frederike, dass es nur die Nachbildung eines menschlichen Kopfes war. Ein Betrug, der die schreckliche Wahrheit verbergen sollte. Grausame Spielweise der Natur. Tarnung und Täuschung in Perfektion. Die Stirn öffnete sich nach oben, die Nase teilte sich seitwärts, Mund und Kinn bogen sich nach unten. Zwei Fangarme schnellten hervor, Stacheln wie Dornen stülpten sich nach außen. Peitschenhaft schlugen die Arme nach ihr aus, bohrten sich die Stacheln in ihren Leib. Ein kurzes Aufstöhnen, dann war es vorbei. Das lähmende Sekret ließ ihren Kopf zu Boden sinken, und ihr Herzschlag verlangsamte sich. Doch es war keine

Entspannung, die sich in ihr breit gemacht hatte. Die zwei als Äste getarnten Fangarme umschlangen Frederike, hoben sie kraftvoll an und zogen sie mit einem Ruck nah an den Rumpf heran. Ein kurzes Innehalten, als versicherte sich der absonderliche Jäger, dass niemand in der Nähe war. Dann öffnete sich der Rumpf und die Fangarme schoben Frederikes paralysierten Körper in eine große Körperhöhle. Die Herzfrequenz verlangsamt, der Stoffwechsel stark reduziert, duldete der fremde Jäger ein Restleben seines Opfers in seinem Inneren. Der Rumpf schloss sich, die Fangarme stellten sich wie knorrige Zweige auf, die vier dünnen Beine senkten den Rumpf ab und gruben sich wie Wurzeln im Boden ein. Nunmehr ein Baum, der am Ufer stand – wie von Zauberhand über Nacht gepflanzt.

***

François bremste den Porsche aggressiv mit quietschenden Reifen und parkte ihn quer über den Bürgersteig, wie er es immer tat, wenn er seine Affären beeindrucken wollte. Mit einem Blumenstrauß in der Hand stieg er schwungvoll aus und näherte sich der Wohnungstür von Frederikes Wohnanlage. Er war eine halbe Stunde zu spät. Frauen warten zu lassen, war für ihn eine Pflicht, verdeutlichte es doch seine eigene Bedeutung. Er wurde bewundert, war in erster Linie Begehrter und nicht Begehrender. Frederike war die achte Frau, mit der er Ana betrog. Noch nie hatte er es vorher gewagt, eine ihrer Freundinnen zu erobern, doch bei

Frederike war er schwach geworden. Sie war nicht wesentlich jünger als Ana, und ihr Körper war nicht begehrenswerter. Es gab einen anderen Grund. Was ihn reizte, war, vor seiner Frau zu lügen. Sie zu demütigen, indem er mit ihrer Freundin schlief. Jedes Mal erregte ihn beim Sex mit Frederike allein die Vorstellung, Ana würde dabei zusehen. Sollte seine Frau es herausfinden? Dann würde sie verlieren, freute sich François. Dann hätte sie all ihr Vertrauen verloren, orientierungslos ihrer Freundin und des Mannes beraubt. Für ihn wäre es der Endpunkt einer Ehe, die sowieso keinen Sinn mehr machte. Ein vergängliches Unbehagen den Freunden gegenüber, eine Pflichtschuldigkeit vor dem Finanzamt, dass sich sein Familienstand ändern würde. Eine schnelle Scheidung und die Ordnung der Verhältnisse in der Folge. Und alles war erledigt. Er war noch keine fünfzig, im besten Mannesalter. Die Frauen standen Schlange. Etwas knackte im Unterholz an der Uferpromenade. Irritiert drehte sich François um. Er hatte das Gefühl, als wäre es kein berstendes Holz gewesen, sondern Knochen, die brachen. Er ging ein paar Schritte auf die Spree zu. Angst hatte er keine. Er war ein Mann von stattlicher Erscheinung, durchtrainiert und kampferprobt. Hauptmann der Reserve, der durch nichts aus der Ruhe gebracht werden konnte – wie er annahm. Merkwürdig still schien es zu sein. Normalerweise lungerten hier bis spät in die Nacht Jugendliche herum, manchmal auch Junkies, die ihre Spritzen achtlos wegwarfen. Die Stadtverwaltung hatte das Gestrüpp entfernen wollen, aber die öffentlichen Gelder fehlten in Berlin. Man hätte

den Pöbel längst aussperren sollen, ärgerte sich
François. Den Uferbereich privatisieren, um dem
Abschaum den Zugang zu verweigern. »Hallo?«, rief
François mit fester Stimme in die Nacht. »Komm da
raus, oder ich mach dich fertig«, drohte er auf
Verdacht, denn er konnte niemanden sehen. Alles
schien wie immer zu sein; nur über einen Baum
wunderte sich François, der ihm bei den Besuchen
zuvor nicht aufgefallen war. Mit stark gefurchter
Rinde und verdicktem Stamm. Gewölbt, wie ein
Mensch mit allzu rundem Bauch. Ein seltsames
Gewächs, knorrig und alt, schien es zu sein. »Zeig
dich, du Feigling!«, drohte François in die Dunkelheit, nichts ahnend, dass ein fremdes Wesen direkt
vor ihm stand, das im Inneren seine Freundin trug.

14

Zwei Tage zuvor. 19. März 2015, Plänterwald. Verfallener Vergnügungspark an der Spree, 17:50 Uhr.

Es muss hier an dieser Stelle sein, redete sich Jan ein. Es musste einfach. Immer weiter arbeitete sich der Mörder die Spree stromaufwärts vor. Die Mühlendammschleuse hatte er letztes Jahr passiert, als er im Treptower Park zuschlug. Der Täter suchte die Nähe zu den Bäumen. Aus irgendeinem Grund. Vielleicht boten ihm die städtischen Parks geeignete Verstecke. Eine vertraute Umgebung, die er von klein auf kannte. Möglich, dass er ein Jäger war. Hier im Plänterwald würde der Serienmörder das nächste Mal zuschlagen, war sich Jan sicher. Für eine umfassende Observation des Geländes war er vorbereitet. Ein letztes Mal säuberte er die Optik der Funkkamera, überprüfte die Bildübertragung zu seinem Laptop und schaltete seine viermotorige Drohne ein. Andere Kameras hatte er in den letzten Tagen in den Bäumen am Ufer verteilt. Wildkameras mit Infrarotlicht waren es zumeist, die normalerweise von Naturfotografen für Nachtaufnahmen genutzt wurden. Gewissenhaft hatte er die Sichtfelder ausgerichtet, um den größten Teil der malerischen Uferpromenade einsehen zu können, die den Plänterwald zu einem beliebten Naherholungsgebiet machte. Die letzte Kamera, die er zum Einsatz bringen wollte, würde ihm Bilder aus luftiger Höhe liefern. Einen geeigneten Ort dazu hatte er bereits ausgemacht. Jan setzte die Drohne am

Boden ab und nahm die Fernsteuerung zur Hand. So viele Jahre hatte er versucht, dem Mörder auf die Spur zu kommen. So viele Nächte hatte er sich um die Ohren geschlagen. In Decken gehüllt, auf die Spree starrend, mit einem Fernglas an einem Fenster sitzend, mit einem Kaffee am Steuer eines Wagens. Erfolglose Suche, verschwendet die Zeit. 36 Jahre alt war er mittlerweile. Wie viele Tage seines Lebens hatte er damit verbracht, diesen einen Menschen aufzuspüren? Diesen Einen, den er so häufig verflucht hatte.

Eine halb verfallene Kulissenstadt im Westernlook, das verwitterte Kuppelzelt eines Kinos, im hohen Gras stehende Dinosaurier mit durchlöcherten Körpern, dem Niedergang preisgegebene Fahrgeschäfte, die einstmals leuchtenden Farben der Anstriche längst verblasst. Seit mehr als zehn Jahren blieben die Pforten des Vergnügungsparks geschlossen, in dem sich Jan auf die Lauer legen wollte. Gesichert von einem Wachschutz, umgab weiterhin ein Zaun das Gelände. Regelmäßig mussten umgetretene Pfosten wieder aufgestellt werden, die Souvenirjäger umrissen, wenn sie auf Plünderungstour über den Zaun stiegen. Die Reste einst belebter Fahrattraktionen inmitten von herrschaftlich hohen Bäumen. Wie ein Echo der menschlichen Zivilisation. *Rotten places* hießen solche Orte im Internet. Manchmal feierten Teenager auf dem Gelände wilde Drogenpartys, gaben sich der Illusion einer durch die Apokalypse entvölkerten Erde hin. Der Park als ein Abbild ihrer Seelenlage. Der Faszination des Verfalls konnte sich Jan gleichermaßen nicht erwehren. Er mochte seine neue Bleibe in diesem Jahr. In renovierten Appartementwohnungen oder teuren Lofts mietete er sich sonst ein. Mit der Spur des Täters zog er durch Berlin, stromaufwärts an der Spree entlang. Immer ein Stück weit vom Tatort des letzten Jahres entfernt schlug er seine Zelte auf. Seit Jahresbeginn lebte er nun auf dem Grundstück des geschlossenen Vergnügungsparks, zahlte Miete für eine heruntergekommene Laube, unterhielt sich mit den Leuten des Wachschutzes und kraulte ihre aggressiven Hunde, die in seiner Nähe handzahm wurden.

Jahrelang hatte Jan versucht, sich in die Vorgehensweise des Serientäters hineinzuversetzen. Zu denken, wie er dachte. Herauszufinden, wie er seine Opfer auswählte. Die Biegung der Spree jenseits der »Insel der Jugend« war ein neuralgischer Punkt. Unter all den joggenden Frauen und eng umschlungenen Pärchen, die an der Uferpromenade flanierten, konnte der Mörder mit Leichtigkeit sein nächstes Opfer auswählen. Jan schaltete den Motor der Drohne an. Als ein surrender Laut erklang, ließ er den Quadrocopter aufsteigen. Mit geübten Handgriffen steuerte er sein Fluggerät bis zu einer der oberen Gondeln des verrosteten Riesenrads. Fünfzehn Jahre. Fünfzehn lange, vergebliche Jahre der Suche. Grausames Jubiläum, das Jan in diesem Jahr beging. Im Laufe der Zeit hatte er Routine entwickelt bei der Anbringung der Überwachungstechnik. Manche Kameras arbeiteten autark, ohne ein

Funksignal zu senden. Regelmäßig musste er bei diesen Geräten die Speicherkarten auslesen. Hunderte Fotoapparate mochten es entlang der Spree sein, die das ganze Jahr über Bilder von den Ufern lieferten. Wenn die Bildrate niedrig eingestellt war und die Auflösung reduziert, ließ sich ein Zeitraum von bis zu vier Monaten abdecken. In den Bäumen platzierte er die Kameras oft genug. Frei war die Sicht dort im Frühjahr, wenn sich das Blätterdach noch nicht gebildet hatte. Unsichtbar die Technik, sobald der Baum ergrünt war. Wagemutig war Jan bei seinen Klettertouren auf Laternen oder Dächer gestiegen, sein Körper ausdauernd und drahtig. Kein Gramm Fett zu viel. Starke Hände gaben ihm bei seinen halsbrecherischen Aktionen Halt. Regelmäßig übte er an den Kletterwänden in der Stadt. Geschmeidig wie ein Meister im *Parkour* konnte er sich durch den Hochstadtdschungel bewegen, Hindernisse spielerisch überwinden.

An Schlüsselorten wie den Spree-Schleusen tauschte er die Kamerasysteme aus, wenn sie ausfielen. Auf andere verzichtete er, sobald ihre Optik zerkratzt war. Manch eine Kamera wurde von ihm auch vergessen. Wie Haselnüsse, die ein Eichhörnchen vergrub und nicht mehr wiederfand. Entscheidend für Jan war, dass Kameras auch in der Nacht aufzeichnen konnten. In jenen Stunden, wenn der Mörder meistens zuschlug. Wie viele Wochen auf Datenträger gebannte Augenblicke sich mittlerweile in seinem Archiv befanden? Wie viele Nachmittage er das Bildmaterial gesichtet haben mochte, versucht verdächtige Bewegungen auszumachen? Menschen zu identifizieren, die sich in der Nähe der Tatorte aufhielten, Absonderlichkeiten in ihrem Verhalten zu entdecken. Das mit einer Schmutzkruste überzogene Kuppelzelt des Vergnügungsparks, in dem früher virtuelle Achterbahnfahrten präsentiert wurden, beherbergte nach dem Umzug seine umfangreiche Sammlung von Bildmaterial. Die Technik hatte sich seit dem Jahr 2000 rasend schnell weiterentwickelt. Und einhergehend die Möglichkeiten der Observation. Anfangs versteckte er noch Camcorder in den Bäumen, die mehr als einen Kilogramm wogen. Die Analogtechnik, mit der man weniger als eine Stunde Film aufzeichnen konnte, war allein wegen ihrer Größe schwer zu verbergen. Diebstählen fiel die Mehrzahl der Geräte zum Opfer. Die Ausfallrate hatte sich erheblich reduziert, seitdem die Kameras immer kleiner wurden. Und mit Hilfe der Drohnentechnik war es nun sogar möglich, Kameras an abgelegenen, früher unerreichbaren Orten abzusetzen.

All diese Technik kostete Geld. Viel Geld. Jan war nach dem Verschwinden seiner Freundin verzweifelt, hatte mit der Welt abgeschlossen. Er brach sein Medizinstudium ab und nahm einen Kredit bei der Bank auf, um sich ganz der Suche nach Monika widmen zu können. Beherrscht vom Hass auf den Einen, der ihm seine Liebste raubte. In dieser Zeit klammerte er sich noch an die Hoffnung, dass Monika lebte, ihr Entführer sie verschleppt hatte und sie irgendwo gefangen hielt. Durch den zweiten Vermisstenfall am Schloss Charlottenburg wurde er sich schlagartig bewusst, dass er seine Freundin niemals mehr in den Armen halten würde. Vierzehn Monate nach dem Verschwinden von Monika, als die Bank ihm keinen Kredit mehr einräumen wollte, kam es zu einem weiteren tiefen Einschnitt in seinem Leben.

Die ersten nächtlichen Einbrüche in Kaufhäusern verliefen reibungslos. Vielleicht hatte Jan ein Talent zum Klauen, möglich, dass es seine eigentliche Bestimmung im Leben war, redete er sich ein. Seine Disziplin und Gewieftheit ließen ihn immer wieder entkommen. Das Diebesgut verkaufte er in Polen. Auch gestohlene Autos fanden den Weg über die offene Grenze nach Osten. Nicht einfallsreich im Vorgehen, war es dennoch eine äußerst gewinnbringende Einnahmequelle. Nur zweimal wurde er am Anfang seiner kriminellen Karriere gefasst. Ohne festen Wohnsitz, mit dem alleinigen Antrieb, den Mörder seiner Freundin zu fassen. Flüchtige Beziehungen zu Frauen, die er in Clubs kennenlernte. Ein Leben am Abgrund, fokussiert auf die Zeit Ende März, in der sein Feind so regelmäßig zuschlug. Ohne ein Gespür für den Dämon zu haben, der sich in ihm eingenistet hatte, um ihn langsam zu verzehren. Nach fünfzehn langen Jahren war der Hass auf den Einen zur Besessenheit geworden. Das unbändige Verlangen zu erfahren, was aus Monika geworden war, hatte ihn an den Rand des Wahnsinns getrieben. Und das Martern seines Gehirns, wie man dem Täter auf die Spur kommen konnte, ließ ihn einsam zurück. Längst hatte er den Kontakt zu seinen Eltern, Geschwistern und Freunden abgebrochen.

Im ersten Jahr nach dem Verschwinden seiner Freundin hatte Jan noch nächtelang an der Zitadelle Spandau gelauert. Schließlich kamen Mörder häufig an den Tatort zurück, hatte er gelesen. Vergebliche Mühe. Als die Spur des Täters ihn weiter flussaufwärts zum Schloss Charlottenburg trug, patrouillierte er mit einem Motorboot auf der Spree, um verdächtige Privatpersonen in ihren Booten anzuhalten und zu überprüfen. Irgendwann konfiszierte die Wasserschutzpolizei sein Boot. Eine verständnisvolle Richterin verhängte nur eine Geldstrafe für die Schläge, die er einem Bootsführer versetzt hatte, der sich der Kontrolle verweigerte.

Die Sichtung stundenlangen Videomaterials und tausender Bilder wurde seine Obsession, unterbrochen von Einbrüchen, um immer neues Geld zu beschaffen. Monat um Monat. Jahr um Jahr. Höhepunkte waren die Märztage, in denen der Mörder seine unheimliche Serie fortsetzte, die von der Öffentlichkeit weitgehend unbemerkt blieb. In diesem Zeitraum verbrachte Jan die Nächte an der Spree, studierte bis zur Erschöpfung Kartenmaterial, drückte Stecknadeln in die Orte, an denen vermisste Frauen zum letzten Mal gesehen wurden. Er verknüpfte Tatorte mit Fäden, doch anders als in Spielfilmen, zeigte sich kein Muster. Keine Symbole wurden offenbar, die sich in einem Augenblick der Erkenntnis über die Stadt legten. Nichts dergleichen passierte. Es waren getriebene, rastlose Jahre. Verlorene Zeit. Bis zu jenem schicksalhaften Tag, an dem sich alles änderte. Am Alexanderplatz hatte er eine Frau gesehen, die auf das Bild einer Vermissten auf einem Aushang starrte. In Verzweiflung von den Eltern verteilt, nachdem die Polizei die Suche nach der Frau eingestellt hatte. Jan erinnerte sich schmerzhaft daran, dass er vor dreizehn Jahren den Kontakt zu Monikas Mutter abgebrochen hatte. Er hatte ihr nicht mehr in die Augen sehen können, da er dachte, dass sie ihm die Schuld für das Verschwinden ihrer Tochter gab. Mit Jan war Monika unterwegs gewesen, ihm hatte Frau Pfister vertraut. Doch er hatte Monika nicht schützen können am Tag dieses so verhängnisvollen Picknicks. Gemeinsam saßen sie in einem Wäldchen am Wasserkanal, der die Königsbastion der Zitadelle umgab. Jan hatte sich nur kurz zurückgezogen, um sich zu erleichtern. Als er zurückkam, lag die Decke noch ausgebreitet auf dem Boden. Das Glas Wein, an dem roter Lippenstift klebte, war noch halbvoll. Nur Monika war verschwunden. Keine Spur eines Kampfes, keinerlei Anzeichen von Gewalt. Ihre Handtasche war noch da. Niemals würde sie die freiwillig zurücklassen, war Jan felsenfest überzeugt. Was konnte passiert sein? Eine Minute – länger war er nicht weg gewesen. Jan hatte sich zwanzig Meter in den Wald geschlagen, weil Monika es hasste, wenn er an den nächsten Baum pinkelte. Hätte er doch ihren Wunsch ignoriert. Wäre er doch nur rücksichtslos gewesen, grämte er sich. Was war nur in dieser verdammten Minute passiert? Eine bohrende Frage in einer Endlosschleife seines in der Vergangenheit gefangenen Verstandes. Fünfzehn Jahre der Qual bis zu diesem einen Tag im März des letzten Jahres. Jan erinnerte sich daran, wie er auf die

Frau am Ausgang des U-Bahnhofs zuging, die sich so sehr für den Aushang mit dem Foto der Vermissten zu interessieren schien. Wie er ihr immer näher kam, um sie dann von der Seite zu betrachten. Es mussten nur Sekunden gewesen sein, doch ihm kam es wie eine Ewigkeit vor. Eine vollkommene Ruhe machte sich in ihm breit, als er in ihr Antlitz blickte. Als hätte er seine Suche beendet, als wäre sein Ziel erreicht. Eine unendliche Leichtigkeit wie in einem Zustand des Schwebens. Diese Frau, die neben ihm stand, sah aus wie Monika. Wie ein Ebenbild seiner verschwundenen Freundin, die um mehr als ein Jahrzehnt gealtert war. Die Reife gewonnen hatte. Als wäre ihr Leben nicht durch die Hand eines Mörders beendet worden. Die Lippen aufgespritzt, die Falten durch Botox geglättet, in einem teuren Kleid, schien sie ein Leben in Luxus geführt zu haben. Zuerst wollte Jan sie umarmen und fest an sich drücken, weil er glaubte, entgegen aller Wahrscheinlichkeit seine Freundin wiedergefunden zu haben. Ein wahrhaftiges Wunder, einmalig auf der Welt. Momente des glücklichen Innehaltens. All der Last befreit, der inneren Unruhe und der Selbstvorwürfe. Doch dann strich sich die Frau durch das Haar, verschränkte ihre Arme und fuhr sich mit der Zungenspitze über die Schneidezähne. Die Art und Weise, wie sie es tat, verstörte Jan regelrecht. Es waren Bewegungen, die ihm fremd waren. Die nicht zu Monika passten. Das war nicht seine geliebte Freundin, die da vor ihm stand. Von der Realität eingeholt, wollte er schon kehrt machen. Sich abwenden, um in der Anonymität der Großstadt unterzutauchen. Aber irgendetwas hielt ihn zurück. Ein inneres, sehnsüchtiges Verlangen schien ihn an die fremde Frau zu binden, und er lud sie zu einem Kaffee ein. Er genoss ihre Nähe, während er sich der Illusion hingab, dass es doch Monika sein könnte, die neben ihm saß.

Mit der Zeit begann er, Anas Eigenheiten zu schätzen. Ihre störrische, manchmal spröde Art zu mögen. Ihre sehnsüchtigen Blicke zu lieben. Etwas hatte sie in ihm geweckt. Etwas, das er längst verloren zu haben glaubte. Ein geordnetes Leben schien für Jan wieder in Reichweite zu rücken. Er mietete ein möbliertes Appartement in Friedrichshain an. Eine vorzeigbare Wohnung, in der nicht tonnenweise Videomaterial seinen wahren Gemütszustand preisgab. Er empfand etwas für Ana. Oder war sie doch nur die Projektionsfläche seiner Sehnsüchte? Wie konnte er mit Monika abschließen? Wie ihr Andenken in Ehren halten? Eines Nachts sprach Monika zu ihm. In dämonenhafter Gestalt, in schwarz schillerndem Gewand, stand sie neben seinem Bett, an das er mit Riemen fixiert war. Ihre Augen glühten rot, ihr Blick war verschlagen. Festbunden war er nicht in der Lage zu fliehen, als sie sich langsam zu ihm vorbeugte. Mit langen, gebogenen Fingernägeln, die Krallen gleichkamen, riss sie sein Hemd auf und schnitt mit ihnen wie mit einem Skalpell durch die Haut. Blut, schwarz wie Öl, sickerte aus den klaffenden Wunden heraus. »Du wirst für immer mir gehören«, zischte sie ihm ins Ohr. »Für immer.«
Als er aus dem Alptraum aufschreckte, war eine teuflische Idee in ihm geboren. Konnte Anas

Ähnlichkeit ihn zu Monikas Mörder führen? Könnte sie sein Lockvogel sein? Ein rotes Tuch band er ihr auf einer Spreefahrt über den Kopf. Eines, wie es Monika am Tag ihres Verschwindens getragen hatte. In der Hoffnung, der Täter würde sich ihres Anblickes nicht entziehen können und sie verfolgen. Jan bereute, was er getan hatte. Dass er Anas Vertrauen missbrauchte. Aber er war bereit, den Preis zu zahlen. Ana hatte sich seit Monaten nicht mehr bei ihm gemeldet. Abrupt hatte sie den Kontakt zu ihm abgebrochen. War sie dahintergekommen, was er plante? Irgendetwas musste sie verschreckt haben. Den wahren Grund kannte er nicht. Ana hatte seine Nummer gesperrt und seine Anrufe von öffentlichen Telefonen sofort beendet, sobald sie erkannte, wer am anderen Ende der Leitung war. Aber Jan fühlte sich bereit, den Preis zu zahlen. Die Schuld bei Ana abzugelten.

15

Fünf Tage später, 24. März 2015. Eingangsbereich des Ostbahnhofs, 14:50 Uhr.

Es gab etwas, weswegen Ana François verlassen musste. Ein unerhörtes Vorkommnis, wie Ana es selbst nannte, das sie zuerst nicht wahrhaben wollte, aber unumstößlich in Beschlag nahm. Nach einer kleinen Wohnung im Spreewald hatte sie sich bereits umgesehen. Ohne dass François davon wusste, deponierte sie als Fluchthilfe auf einem geheimen Konto 10.000 Euro, zusammengespart im Laufe der Jahre aus Bargeldbeträgen der Haushaltskasse. Es war ihre Fahrkarte in die Freiheit. Viel Zeit blieb ihr nicht mehr, bis sich François ihr Geheimnis offenbarte.

Ana hatte sich in den letzten Wochen zu einem erstaunlichen Wandel veranlasst gesehen: sie trank nicht mehr, verzichtete auf Schmerzmittel, verbrachte weniger Zeit beim Schminken, dem Friseur und der Maniküre. Stattdessen las sie viel und versuchte, auf die Signale zu achten, die ihr Körper sendete. François bekam vom Wandel seiner Frau nur wenig mit. Häufig unterwegs, beachtete er sie kaum, wenn er sich in der Wohnung kurz blicken ließ. Seit fast einem halben Jahr hatten sie mittlerweile nicht mehr miteinander geschlafen. Entfremdeten sich immer weiter voneinander. Die Affäre mit Frederike schien François vollkommen einzunehmen, glaubte Ana. Doch sie hegte keinerlei Groll gegenüber ihrer

Freundin, denn für sie hatte die Abwesenheit ihres Ehemannes, körperlich wie geistig, etwas überaus Gutes. François schlug sie nicht mehr. Allmählich hatten sich ihre Blutergüsse zurückgebildet, waren ihre Wunden verheilt. Was blieb, waren die Narben an ihrer Seele.

Von François mit Gleichgültigkeit zur Kenntnis genommen, hatte Ana die ersten zwei Wochen im Januar in der Ukraine bei ihren Eltern verbracht, um mit ihnen das orthodoxe Weihnachtsfest zu feiern. Bei ihrem Vater war die Chemotherapie angeschlagen. Sie hatten zusammen gelacht und sich amüsiert, Familienfotos angesehen, alte Weihnachtslieder angestimmt, sich tränenreich verabschiedet und ihres unerschütterlichen Zusammenhalts versichert. Stärker als jemals zuvor fühlte sich Ana. Die Phase des Selbstmitleids endgültig hinter sich lassend, war sie in Tegel aus dem Flugzeug ausgestiegen. Geerdet und mit sich im Reinen. Ana wollte nach vorne blicken, denn von nun an musste sie Verantwortung tragen. Und erneut war sie auf sich allein gestellt. Wie so häufig in ihrem Leben.

Außer ihrer Familie konnte sie niemandem trauen. Auch Jan nicht. Das Schicksal hatte beide zusammengeführt, etwas Magisches sie vereint. Doch seine Lüge durchtrennte dieses Band. Obwohl Ana Jan keinen Glauben mehr schenkte, verabredete sie sich dennoch mit ihm. Ein kurzes Telefonat; nach Monaten das erste. Unter dem ausladenden Glasdach des Ostbahnhofs stand sie nun an diesem milden

Märztag, unschlüssig, wie sie ihm begegnen sollte. Ana verstand es als ihre Pflicht, mit Jan zu reden. Ihr Gewissen ließ sich nicht anders beschwichtigen. Denn sie hatte einen grausamen Verdacht. Frederike war seit vorgestern spurlos verschwunden. Ihr Mann Freddy hatte Ana von Brasilien aus angerufen, als sie noch im Regionalexpress saß, sich besorgt erkundigt, warum seine Frau nicht auf seine Kontaktaufnahmen reagierte. Weder verriet sie ihm, dass seine Frau fremdging, noch welch schreckliche Ahnung sie während des Telefonats überkam. Ihr schoss durch den Kopf, dass François sie gestern mehrmals wie beiläufig gefragt hatte, ob sie sich mit Frederike treffen würde. Ana war stutzig geworden, dass er so überbetont freundlich mit ihr redete. Und dass er überhaupt mit ihr sprach. Jetzt verstand sie. Auch François war verunsichert, weil er nicht wusste, wo Frederike abgeblieben war.

Ein schwarzer Audi A4 fuhr in die Taxibucht des Bahnhofsvorplatzes ein und stoppte. Ana erkannte, dass Jan am Steuer saß. »Du hast jetzt 'n Auto?«, wunderte sie sich beim Einsteigen, ohne ihm in die Augen zu blicken.

»Ist 'n Leihwagen«, behauptete Jan.

Ana bemerkte im Augenwinkel, wie er sie unablässig anblickte.

»Du bist nicht mehr so stark geschminkt«, stellte Jan fasziniert fest. »Du strahlst so … du bist so …«

»Hör du jetzt mal zu«, unterbrach Ana ihn schroff und sah ihn mit aller Strenge an.

»… so wunderschön …«

»Ich bin jetzt nicht hierher gekommen, um mir von dir ...« Ana stockte. Als sie die unendliche Traurigkeit in Jans Blick erkannte, die Pein, die ihn ganz und gar zu erfüllen schien, hatte sie Mühe weiterzureden. Wie sehr er sie anhimmelte. Als wäre sie der einzige Lichtblick in der Dunkelheit seines Seins. Der Nabel der Welt, das Zentrum des Universums. Warum hatte sie sich nicht früher bei ihm gemeldet, auf alle seine verzweifelten Anrufe reagiert? Was war nur in sie gefahren? Sollte sie ihn umarmen? Ihm verzeihen, dass er sie belogen hatte? Kurz davor, diesen Schritt zu gehen, hatte sie Mühe, sich zu konzentrieren. »Monika Pfister war also deine Freundin«, entfuhr es Ana schnippisch, und sie hasste sich dafür.

Jan senkte betreten den Blick. »Du hast es herausgefunden?«

»Ja«, entgegnete Ana vorwurfsvoll. »Ich habe mit Frau Pfister gesprochen.«

»Wie bist du ...? Wer hat dich ...?«

Ana hob die Hand, um ihm Einhalt zu gebieten. »Ich will mit dir nicht darüber reden, hörst du?«

Jan nickte. »Is' gut.«

»Ich glaub', ich weiß, wen sich der Serienmörder geholt hat«, verriet sie den Grund ihres Treffens. »Ich weiß auch ...«

»Was?«, fiel Jan ihr ins Wort. »Wer ist es? Wer ist es?«, forderte er den Namen der Verschwundenen.

»... und ich weiß auch, wo sie wohnt«, beendete sie den Satz.

Jan sah sie ungläubig an. »Du weißt, wo sie wohnt?«

»Ich weiß sogar, wann sie geholt wurde«, fügte Ana hinzu.

Jan beugte sich zu ihr hinüber. Seine anfängliche Demut verschwand von einem Moment zum anderen. Von einem inneren Drang erfasst, einem schier unbändigen Willen, griff er nach Anas Handgelenk. »Wen hat das Schwein erwischt?«, wollte er wissen. »Sag es mir! So sag es mir doch!«

»Spinnst du jetzt?«, schrie Ana. »Das tut weh!«

»Verzeih mir.« Jan ließ ihr Handgelenk los und sackte kraftlos in sich zusammen. »Bitte, bitte, Ana. Vergiss, was zwischen uns war. Was ich dir ... wir müssen doch dieses Schwein zur Strecke bringen. Sag' mir, wo die Frau wohnt, die vermisst ist. Bitte, Ana. Dann wirst du mich auch nie wieder sehen.«

Jans Besessenheit irritierte Ana. Sein ins Manische gehender Wille, sein missionarischer Eifer bei der Suche. Selbstzerstörerisch richtete er sich zugrunde und nahm dabei auf andere keine Rücksicht. »Es ist meine Freundin Frederike«, gab sie irgendwann nach.

»Frederike?«, wiederholte Jan aufgebracht. »Und? Wo wohnt diese Frederike?«

»Verstehst du nicht?«

»Was?« Jan knabberte nervös an seinen Fingernägeln.

»Es ist meine Freundin, die vermisst wird.«

Jan runzelte die Stirn. »Ja? Und?«

»Hallo? Wie wär's mit 'nem bisschen Anteilnahme?«, fragte Ana entgeistert.

Den Blick in die Ferne gerichtet, schien Jan ganz weit weg zu sein. Gefangen in seinen Erinnerungen, orientierungslos gestrandet in der Gegenwart.

»Was ist nur los mit dir?«, fragte Ana, griff ihn an die Schulter und schüttelte ihn. »Was zum Teufel ist eigentlich dein Problem?«

Jan schloss die Augen und rieb sich mit den Fingern über die Schläfen. Dann blickte er sie an. »Ana, ich bin 'n kaputter Typ. Das weißt du doch jetzt. Ich bin verloren. Ich will doch nur wissen … verstehen, wo Monika ist. Ich brauche Gewissheit, wo meine Freundin geblieben ist. Und ob ich sie hätte retten können.«

»Jan?«

»Ja?«

»Was bin ich für dich gewesen?«, stellte Ana ihn mit schriller Stimme zur Rede. »Warum hast du mich angesprochen? Warum, Jan? Warum? Ich hab' dich doch so sehr … du hättest es mir sagen sollen, dass ich für dich nur ein Abziehbild deiner Freundin bin.«

»So ist es doch … war es doch nicht«, wehrte sich Jan kraftlos.

»Ich war schwach, und du hast es ausgenutzt. Ich hab' mich dir anvertraut. Du hast mein Vertrauen schamlos missbraucht«, setzte sie nach. »Ich hab dich wirklich gemocht.«

Jan versuchte, mit der Hand über ihr Gesicht zu streicheln, wie er es so oft gemacht hatte. Und wie Ana es so liebte. Doch dieses Mal schlug sie seine Hand weg. In einem anderen Leben hätte sie ihm verziehen, sich an ihn geschmiegt, ihm gesagt, wie sehr sie ihn liebt, war sich Ana sicher. In einem anderen Leben hätte sie François nie getroffen. Aber die Realität war, wie sie war. Und dieses Leben musste geführt und die Aufgabe erfüllt werden, die sie jetzt hatte.

Jan atmete tief durch. »Am Anfang dachte ich, dass Monika vor mir steht«, gab er zu.

»Deshalb hast du mich eingeladen?«

Jan nickte schuldbewusst. »Aber nicht die ganze Zeit … nicht die ganze Zeit. Ich wusste, dass du nicht Monika bist. Trotzdem wollte ich dich sehen. Trotzdem.«

»Ach, komm, hör auf damit.«

»Aber sie spricht doch zu mir. Im Schlaf.«

»Was?« Ana drehte sich zu Jan um und sah ihn entgeistert an. »Monika oder was? Wer spricht zu dir?«

»Alpträume«, bestätigte Jan.

Ana schüttelte den Kopf. »Was geht nur in dir vor?«

»Kannst du dir das vorstellen, wie es ist, wenn dein Leben nicht weitergeht? Wenn du nicht loslassen kannst? Ich muss wissen, wo sie begraben liegt. Erst dann kann ich zur Ruhe kommen.«

Ana pustete durch. Sie wusste nicht, ob Jan den Verstand verloren hatte. Aber es berührte sie auch, dass diese Liebe des Mannes so stark war, dass sie die Zeit überdauerte. Es rührte sie unendlich. Ana wollte schon ihre Hand ausstrecken, um ihm zärtlich den Nacken zu streicheln, wie sie es so oft gemacht hatte. Doch dann hielt sie inne, da der Verstand ihr Einhalt gebot. »Lass uns zur Wohnung von Frederike fahren, ja?«

Jan nickte wortlos, umklammerte das Lenkrad, startete den Motor und fuhr aus der Parkbucht heraus. »Wo wohnt sie?«

»Ganz in der Nähe. An der Jannowitzbrücke, direkt an der Spree.«

»Jannowitzbrücke? Bist du dir sicher?«, war Jan überrascht.

»Was glaubst du?«

»Das kann nicht sein«, wiegelte er ab. »Es muss weiter stromaufwärts sein. Am Vergnügungspark im Plänterwald. Irgendwo da in der Nähe. Da muss es sein. Und da holt er sich die nächste.«

»Was soll das? Meinst du, ich weiß nicht, wo Frederike wohnt?«

»Es ist das Muster, wie er mordet.« Jan sah sie ungläubig an. »Der Mörder … er arbeitet sich die Spree stromaufwärts vor.«

»Du mit deinen Mustern. Zum Teufel!«, machte sich Ana lustig. »Dann ist er jetzt eben wieder in die andere Richtung unterwegs. Stromabwärts. Frederike wohnt jedenfalls an der Jannowitzbrücke, direkt am Ufer. Am Sonntag hatte ihr Mann das letzte Mal Kontakt zu ihr. Um 20 Uhr haben sie miteinander telefoniert. Freddy läutet jeden Tag um dieselbe Zeit kurz durch. Der Mann ist penibel bis zum geht nicht mehr. Der 22. oder 23. März also. Die Zeit passt. Der Ort. Es passt einfach alles zusammen.«

Jan verstand schlagartig, dass er tagelang den falschen Flussabschnitt observiert hatte. Zunächst verzweifelte er, dass all die Mühe vergeblich war. Doch dann kam ihm etwas in den Sinn. Und er wurde sich bewusst, dass sich wider Erwarten eine einmalige Chance bot. Er riss seinen Kopf zu Ana herum und sah sie entgeistert an. »Am Spreeufer wohnt sie, sagst du? Direkt bei der Jannowitzbrücke?«

»Ja, warum?«

Jans Augen strahlten. Die Schwermut in seinem Blick, die Melancholie in seinen Augen, wie weggewischt. »Dann kriegen wir ihn!«, schrie er mit fanatischem Eifer. »Dann weiß ich, wie wir das Schwein kriegen!« Ana lächelte verunsichert. Du wirst Papa, Jan, brachte sie nicht über die Lippen.

***

Viaduktbögen der S-Bahnstation Jannowitzbrücke, 15:10 Uhr.

Jan seilte sich geschickt von der Hochbahntrasse der S-Bahn ab. Das Sicherungsseil hatte er an einem Pfeiler der Oberleitung befestigt. In etwa vierzehn Metern Höhe hielt er inne, begab sich in schwungvolle Pendelbewegungen, um mit einem Bergsteigerpickel einen Haken zu erreichen, der in der Backsteinwand der S-Bahntrasse verankert war. Er zog sich an die Wand heran und sicherte das Seil in einer Öse. Dann entfernte er ein rötliches Tarnnetz und zog eine Kamera aus einer künstlichen Nische heraus. In einer nächtlichen Aktion vor zwei Jahren hatte er mehrere Backsteine entfernt, um seine Überwachungstechnik unterbringen zu können. Die Weitwinkelkamera, die Tag und Nacht Bilder vom Spreeabschnitt bei der Mühlendammschleuse aufzeichnete, war aus russischer Militärproduktion. Mit leistungsstarken Akkus ausgestattet, hatte er die Technik in Marzahn auf dem Schwarzmarkt erworben. Er verstaute die Kamera in seinem Rucksack, seilte sich ab, kletterte über eine Absperrung und sprang in den Wagen, in dem Ana wartete.

»Ich hab' alles«, sagte er mit der Abgeklärtheit von jemandem, der nicht zum ersten Mal der Polizei zu entwischen versuchte. Als er das Auto mit quietschenden Reifen beschleunigte, bemerkte Ana eine kindliche Freude, die sich in seinen Gesichtszügen abzeichnete. Ana, die seine Kletteraktion vom Auto aus verfolgt hatte, sah ihn staunend an. Sie realisierte, dass sie soeben eine andere Seite ihres Liebhabers gesehen hatte. Eine Facette, die er zuvor vor ihr verborgen hielt. »Und deine Seile lässt du zurück?«, fragte sie.

»Die brauch' ich nicht mehr.«

»Warum nicht?«

»Wenn es stimmt, was ich denke, werden wir den Mörder gleich zu Gesicht bekommen.«

»Was hast du da oben gemacht?«, wollte Ana wissen.

»Nur Geduld«, erwiderte Jan, während er ohne Eile über die Jannowitzbrücke nach Kreuzberg fuhr. Mehrmals versicherte er sich im Rückspiegel, dass ihnen niemand folgte, bog in die Köpenicker Straße ein, dann sogleich in die Ohmstraße. Er parkte das Auto am Straßenrand unmittelbar hinter einem Bauwagen, der mit Graffitis besprüht war, nahm einen Laptop von der Rückbank, klappte ihn auf und schloss den Festplattenspeicher der Kamera an.

»Hast du den Bereich überwacht oder was?«, schwante es Ana.

Jan nickte abwesend. Eine Fotoserie öffnete sich. Die Bilder waren chronologisch archiviert. »Das sind die Überwachungsfotos meiner Kamera«, erklärte er und blätterte in der Zeit zurück bis zum Sonntagabend. Jan deutete auf die rechte Ecke des Fotos. »Hier ist die Mühlendammschleuse«, ordnete er ein.

Ana nickte. »Und das da auf der anderen Seite sind die Treptowers«, verstand sie.

»Die Kamera deckt mehr als 180 Grad ab. Nach Westen, Süden und Osten entgeht der nichts«, freute sich Jan.

Ana deutete auf ein mehrstöckiges Wohnhaus, das vor dem Heizkraftwerk Mitte lag. »Hier wohnt Frederike mit ihrem Mann. Im vierten Stock.« Sie zeigte auf den Balkon der Wohnung.

»Verstehe.«

»Warum ist das so 'ne schlechte Bildqualität?«, wunderte sich Ana.

»Vergiss nicht, dass es dunkel ist. Die Fotos sind mit Infrarotlicht aufgenommen.«

»Erkennt man da überhaupt was drauf?«

»Mit 'n bisschen Übung schon. Wart nur ab«, beruhigte Jan sie. »Ich blättere jetzt schnell weiter. Wenn dir irgendwas auffällt, sag einfach ‚Stopp‘.«

»Okay.«

Gemeinsam starrten sie auf die Fotoserie. Schiffe, die in voller Beleuchtung vorbeifuhren, Lampen in den Wohnungen, die an- und abgeschaltet wurden, Lichtpunkte von Flugzeugen, die über den Himmel wanderten. Abgehackt die Bewegungen, zuckend die Illuminationen. Wie bei einem Daumenkino ergaben die Einzelbilder den Schein fortlaufender Bewegungen.

»Wie viele Bilder nimmt die Kamera pro Minute auf?«, fragte Ana.

»Zehn.«

»Also alle sechs Sekunden ein Bild?«

»Ja.«

»Das ist nicht gerade viel.«

»Es ist immer ’n Kompromiss«, erklärte Jan. »Der Speicher ist nun mal begrenzt und so häufig kann ich den nicht austauschen, ohne dass es auffällt. Die Bahnmitarbeiter sind ja nicht doof.«

»Stopp!«, rief Ana plötzlich.

Jan zuckte zusammen. Er nahm den Zeigefinger von der Tastatur und sah Ana fragend an. 22:20 Uhr war es laut Zeitstempel auf dem Foto. Zwei Scheinwerfer tauchten in der Seitenstraße neben dem Wohnhaus auf. Ein Auto fuhr gerade vor. Jan blätterte zwischen mehreren Bildern hin und her, die das Auto einparken und wieder rückwärts in der Seitenstraße verschwinden ließen. »Das ist ’n Porsche 911«, erkannte Ana. »Das ist François’ Auto.«

»Mhm«, war sich Jan unsicher. »Schon möglich, dass das ’n Porsche ist.«

Ana lachte höhnisch auf. »Nee, du, das ist der Porsche von François. Siehst du, wie er sein Schmuckstück geparkt hat? Quer über den Bürgersteig. Das ist seine Masche, um Frauen zu beeindrucken«, sagte sie verächtlich.

Jan blätterte weiter durch die Fotoserie. Ein Mann, der einen größeren Gegenstand in der Hand hielt, stieg aus dem Wagen aus und ging zum Haus. Durch den Uferbewuchs verschwand er immer wieder hinter den Zweigen und Stämmen der Bäume. Zuerst schritt er geradewegs auf die Wohnungstür zu, um dann innezuhalten und sich dem Spreeufer zu nähern.

»Ist das François?«, fragte Jan.

»Könnte gut sein«, war sich Ana unsicher. »Die Statur stimmt jedenfalls. Die Bildqualität … die ist einfach nicht gut genug.«

»Das geht nicht besser«, wusste Jan keine Abhilfe. »Die Kamera ist auf der anderen Uferseite. Die Infrarot-LEDs sind aber schon verdammt gut«, verteidigte er seine Aufnahmen. »Mit normaler Technik würde man gar nichts sehen.«

»Ich will dein Schmuckstück gar nicht miesmachen«, schmunzelte Ana mit einem Blick auf die klobig wirkende Kamera russischer Produktion. »Wo bekommt man so was denn her?«, war sie neugierig. »Bei Media Markt gibt's das ja wohl kaum.«

Ein Grinsen huschte über Jans Gesicht. »Ich hab' meine Kontakte«, gab er sich nebulös.

»Guck mal«, lenkte Ana seine Aufmerksamkeit wieder auf den Bildschirm des Laptops. »Wo bleibt François da eigentlich stehen?«, wunderte sie sich.

»Eine helle Struktur …« Jan tippte sechsmal hintereinander auf die rechte Pfeiltaste der Tastatur, um die nächste Minute der Aufzeichnung durchzugehen. »Oder ist das der Stamm von 'nem Baum?«, spekulierte er.

»Sieht ganz so aus«, pflichtete Ana ihm bei. »Die Stämme der anderen Bäume sind aber dunkel. Und der hier ist hell.«

»Was macht François da nur?«, staunte Jan. Er ließ die Fotoserie weiterlaufen, indem er fortwährend auf die rechte Pfeiltaste der Tastatur tippte. »Irgendwas scheint ihn zu irritieren. Sieh dir die Zeit an. Er bleibt mehr als drei Minuten da stehen.«

»Klick weiter«, forderte Ana angespannt.

Die Fotos präsentierten sich in schneller Abfolge auf dem Bildschirm. François ging zur Wohnungstür, blieb dort für eine Minute stehen und kehrte dann zum Auto zurück.

»Er hat nichts mehr in den Händen. Siehst du?«, wunderte sich Ana.

»Tatsächlich«, war Jan verblüfft. »Was er wohl dabeihatte?«

»François fährt jedenfalls weg, ohne Frederike zu treffen«, stellte Ana fest. »Ob sie überhaupt zu Hause war?«

»Frederike hat ihm jedenfalls nicht aufgemacht.« Jan legte jetzt seinen Finger auf die linke Pfeiltaste der Tastatur. »Wart' mal, ich springe zurück in der Zeit.« Die Bilder erschienen nun im Millisekundentakt auf dem Bildschirm. Momente der Vergangenheit, eingefangen im Infrarotlicht der Kamera. Vertrautes und doch fremd wirkendes nächtliches Spree-panorama. Eine luxuriöse Wohnanlage vor den Silhouetten eines Heizkraftwerks. Irritierende Wider-sprüche, wie es sie in Berlin so zahllos gab.

»Da!«, schrie Ana, als sich ein Foto auf dem Bildschirm öffnete, das zwanzig Minuten zuvor aufgenommen worden war. »Das Licht in Frederikes Wohnung ist angegangen!«

»Ich seh's!«, schnaufte Jan aufgeregt. »Und da steht sie am Fenster.«

»Frederike!«, rief Ana besorgt, als wollte sie ihre Freundin warnen. Doch wovor?

»21 Uhr 50 und 20 Sekunden«, murmelte Jan vor sich hin. Er ließ die Fotoreihe nun chronologisch mit verzögerter Geschwindigkeit ablaufen. Das Licht in der Wohnung erlosch. Kurze Zeit später erschien unten an der Wohnungstür eine Frau in einem Kleid. »Das ist Frederike!«, erkannte Ana. »Das ist sie.« Einen Moment machte sich Erleichterung in ihr breit, als hätte sie ihre Freundin gefunden. Dann realisierte sie ernüchtert, dass es ein Schnappschuss aus der Vergangenheit war. Unumkehrbar, was auch immer ihrer Freundin zugestoßen war.

Frederike verharrte eine halbe Minute unschlüssig auf dem Treppenabsatz, ehe auch sie zur Uferpromenade ging.

»Was hat sie da nur gesehen?«, fragte Ana.

»Dasselbe wie François?«, vermutete Jan. Er tippte auf die rechte Pfeiltaste, um das nächste Foto zu öffnen. Urplötzlich, von einer Aufnahme zur nächsten, war Frederike verschwunden.

»Stopp!«, rief Ana erregt.

»Ich seh's … ich seh's.« Jan nahm den Zeigefinger von der Tastatur. Er rieb seine schwitzigen Hände an der Hose trocken und blickte sie fassungslos an.

»Wo ist Frederike nur hin?«, wunderte sich Ana.

»21 Uhr 59 und 10 Sekunden«, las Jan vom Foto ab. Er klickte zwischen zwei Bildern hin und her. »Wie vom Erdboden verschluckt«, versuchte er zu erklären, was er sah.

»Stimmt der Zeitcode auch?«, konnte Ana nicht begreifen, was dort passierte.

»Is' okay«, überprüfte Jan. »Es fehlt auch kein Foto, wenn du das meinst.«

»Wie kann das sein?« Ana starrte auf die beiden Fotos, zwischen denen Jan hin- und hersprang. Das erste Foto zeigte Frederike am Boden liegend, auf dem zweiten Foto war sie verschwunden.

»Ich weiß auch nicht«, gab Jan zu. »Verdammt.«

»Ob jemand die Kamera manipuliert hat?«

»Auf keinen Fall«, blockte Jan ab. »Das Ding hat außer mir niemand angefasst.«

»Sechs Sekunden zwischen den zwei Fotos. Die fehlen uns. Sechs Sekunden. In der Zeit muss irgendwas passiert sein. Irgendwas Schreckliches.« Ana hielt sich die Hand vor den Mund, um ihr Entsetzen zu verbergen.

»Lass uns am Ufer nachsehen, ob wir da irgendwelche Spuren finden«, entschied Jan.

Ana nickte. Sie fröstelte bei der Vorstellung, was sie da draußen erwartete.

***

Kreuzberger Uferpromenade an der Jannowitzbrücke, 15:35 Uhr.

»Wo ist nur dieser bescheuerte Baum, vor dem Frederike und François standen?«, fragte sich Jan im Selbstgespräch. »Wo verdammt ist nur dieser Baum?« Während er das Ufer abschritt, trug er den Laptop aufgeklappt in der Armbeuge vor sich her und versuchte, sich in die Perspektive hineinzudenken, aus der die Fotos der Überwachungskamera aufgenommen wurden. Eine Weide, Birken, Buchen, Linden, Haselnusssträucher – nicht eine passende Kontur fand sich darunter. Kein Baum mit dickem, kurzem Stamm, der sich an der Position wie auf den Fotos befand. Nirgends.

Ana klingelte zum wiederholten Male an Frederikes Haustür. Niemand öffnete ihr. Was war ihrer Freundin nur zugestoßen? Nachdenklich sah sie eine Weile zum Balkon in der vierten Etage hinauf, bevor sie sich zu Jan gesellte. »Ob Freddy schon die Polizei eingeschaltet hat?«, fragte sie ihn.

»Wer? Frederikes Mann? Denke nicht«, war sich Jan unsicher.

»Hast du rausfinden können, wo dieser Baum nun steht?«, wollte Ana wissen.

»Der ist irgendwie nicht mehr da«, resümierte Jan seine Bemühungen, den Ort zu lokalisieren, an dem Frederike verschwand.

»Nicht mehr da? Was meinst du damit?«

»Nun, wie ich es gesagt hab'. Hier bei dieser Bank muss dieses dämliche Ding gestanden haben«, grenzte er den mutmaßlichen Standort des Baumes mit einer kreisenden Bewegung des Zeigefingers ein.

»Bist du dir sicher?«

»Sieh selbst«, forderte Jan ungehalten, während er ihr den Laptop hinhielt.

Abgelenkt ignorierte Ana ihn. »Guck mal hier!«, forderte sie seine Aufmerksamkeit. Ein Grasbüschel des spärlichen Ufergrüns war herausgerissen. Als hätte jemand im Sand gewühlt, zeichneten sich im Boden tiefe Furchen ab.

»Von wem stammt das?«, verstand Jan nicht. »Etwa von Frederike, als sie hingefallen ist?«

Ana schüttelte ratlos den Kopf. »Wie vom Erdboden verschluckt«, murmelte sie vor sich hin. Sie brach einen Haselnusszweig ab und stocherte damit im sandigen Untergrund. »Keine Hohlräume«, stellte sie fest.

»Was glaubst du? Dass es hier am Ufer Treibsand gibt oder was?«, fragte Jan amüsiert.

Ana winkte ab. »Witzbold.«

Jan sah sich hilfesuchend um. »Was ist nur mit dem Baum passiert? Wo ist der nur hin?«

»Weißt du, was ich mich viel eher frage?« Ana runzelte die Stirn. »Wo kommt dieser Baum eigentlich her?«

»Guter Einwand«, erwiderte Jan. »Warum bin ich nicht gleich darauf gekommen? Wir haben ja alles hier.« Er deutete auf seinen Laptop, setzte sich auf die Bank an der Uferpromenade und wählte die Fotoserie von Samstagnacht aus. Ana setzte sich dicht neben ihn. Als sich ihre Oberschenkel wie durch Zufall berührten, lächelte Jan sie an. Momente, in denen er vergaß, dass sein sehnlichster Wunsch es war, den Mörder aufzuspüren. Momente, in denen er Ana tief in die Augen sah. Und sie seinem Blick nicht auswich. Ana wollte ihm sagen, dass er Vater wurde, aber irgendetwas hielt sie davon zurück.

»Das gibt's doch nicht«, war Jan mit einem Mal abgelenkt. Etwas hatte er auf dem Foto bemerkt, das gerade auf dem Bildschirm angezeigt wurde.

»Was ist?«, wollte Ana wissen.

»Das glaub' ich nicht!«, war Jan aufgebracht. »Das glaub' ich ja einfach nicht.« Jan musste sich vergewissern, dass er keinem Trugschluss aufgesessen war. Rasend schnell tippte er sich durch die Fotoserie. Dann gab es keinen Zweifel mehr. »Am Samstag ist der Baum noch nicht da gewesen«, stellte er fassungslos fest. Er öffnete die Fotoserie von Sonntagnacht und sprang bis 20:50 Uhr, etwa eine Stunde vor dem Verschwinden von Frederike. »Das fass ich ja nicht«, raunte Jan und wischte sich über den Mund, als wollte er das ungläubige Staunen aus seinem Antlitz entfernen. Ein kalter Schauer lief ihm über den Rücken.

»Oh mein Gott.« Jetzt erkannte auch Ana, dass dieser Baum wie aus dem Nichts auftauchte. Sie wollte schlucken, doch ihre Kehle war schlagartig trocken. Um Halt zu suchen, legte sie eine Hand auf seine Schulter. Jan klickte ungläubig zwischen zwei Fotos hin und her. Auf dem einen Foto tauchte der Baum gerade aus dem Wasser auf, auf dem anderen Foto stand er auf der Position, die er einnahm, als Frederike und François sich ihm näherten. Zwei Fotos, zeitlich nur sechs Sekunden auseinander. Sechs Sekunden – eine Ewigkeit. Dann, kurz vor zehn, änderte der Baum noch einmal seine Position. Als reagierte er auf Frederikes Gegenwart.

»Was … was ist das?«, hauchte Ana ihm ins Ohr.

Jan schüttelte den Kopf. »Wie soll …?«, konnte er nicht begreifen, dass die Fotos die Realität wiedergaben.

»Da hinten ist dieser komische Baum an Land gegan… äh … was auch immer«, korrigierte sich Ana selbst.

Wie unter Schock starrte Jan auf den Laptop. Er bemühte sich nach Kräften, das Foto mit all seinen Erfahrungen, die er im Leben gemacht hatte, einzuordnen. Logik in die Unlogik zu bringen. Vergeblich.

»Lass mich mal nachsehen, ob ich da hinten was finde.« Ana schnaufte tief durch, weil ihr die Luft wegblieb, stützte die Arme in der Hüfte ab und stand auf. Den Blick ins Unterholz gerichtet, wachsam nach Auffälligkeiten suchend, schritt sie am Ufer entlang.

»Und was ist nach Frederikes Verschwinden passiert?«, kam es Jan in den Sinn. Tief in Gedanken versunken, bemerkte er nicht, dass Ana nicht mehr neben ihm saß. In schnellem Tempo klickte er sich durch die Bilder der Nacht von Sonntag auf Montag. Fest verwurzelt blieb der merkwürdige Baum an seiner Position stehen. Jan rieb sich über die Stirn und versuchte verzweifelt, die Eindrücke von gerade eben mit seinen Erinnerungen abzugleichen. Hatte er auf all den Fotos, die er in den fünfzehn Jahren gesichtet hatte, auch diesen merkwürdigen Baum gesehen? War das die Konstante aller Vermisstenfälle? Das durchgängige Element, nach dem er all die Zeit Ausschau gehalten hatte? Irritiert hielt Jan inne. Er beugte sich nach vorne, um etwas Buntes zu betrachten, das unter der Bank lag. Es war ein Blumenstrauß, eingewickelt in Papier. Hatte François diese Blumen in der Hand gehalten, als er zu Frederike kam? Lass dich nicht ablenken! Konzentrier dich, fokussierte sich Jan wieder auf seine Aufgabe. Foto um Foto klickte er sich durch die Serie von Aufnahmen, den Blick auf diesen einen mysteriösen Baum gerichtet mit seinem kurzen, dicken Stamm. Dessen helle Rinde setzte sich im Infrarotlicht deutlich von den dunklen Oberflächen der anderen Bäume ab.

Um 5:50 Uhr am Montagmorgen trat das ein, was Jan erhofft und zugleich befürchtet hatte: der Baum bewegte sich wieder. Ein Foto zeigte ihn in der Nähe der Bank, das andere in der Spree verschwinden. An derselben Stelle, an der er dem Fluss entstieg. Und noch etwas anderes schien auffällig zu sein. Genau in diesem Augenblick fuhr ein Schiff vorbei. Wie es schon zuvor der Fall war, als der Baum auftauchte, rief sich Jan ins Gedächtnis zurück. Nachdenklich schüttelte er den Kopf. Tarnt sich der Serienmörder als Baum, um ungestört über Frauen herfallen zu können? Und verschwindet dann mit einem Boot über die Spree? »Ana?«, wollte Jan seine Erkenntnisse mit seiner Geliebten teilen, die nicht mehr neben ihm saß. Er sah auf und blickte sich suchend um. »Ana?«

*

Unmittelbar unter der Jannowitzbrücke war die Betonmauer der Uferbefestigung weggebrochen. Spreewasser hatte den sandigen Untergrund unterspült und Treibholz sich in der entstandenen Einbuchtung verkeilt. Ein vermeintlicher Baumstamm mit tief gefurchter Rinde, der aus dem Wasser ragte, stach Ana ins Auge. Zwei tellergroße Vorsprünge standen wie die Fruchtkörper eines Baumpilzes hervor. Aber Ana schenkte den Facettenaugen des fremden Jägers keine Beachtung, die sie musterten. Etwas anderes hatte sie in ihren Bann gezogen. Ohne die Gefahr zu spüren, tippelte sie

vorsichtig den Abhang hinunter, bis das Spreewasser
ihre Schuhe umspülte. Sie bückte sich so weit, dass sie
beinahe das Gleichgewicht verlor. Es schien eine
Theatermaske zu sein, die angespült wurde. Halb
versunken im trüben Wasser. Dünne, rote Äderchen
liefen über ein menschliches Antlitz. Statt Augen gab
es tiefschwarze Höhlen, statt eines Mundes eine
Öffnung. Darin schimmerte etwas silbrig glänzend
wie die Spitze einer metallischen Zunge. Die
Windungen der Ohrmuscheln endeten im Nichts.
Scheinbar funktionelle Strukturen waren nur
nachgeahmt, konnten ihrer eigentlichen Funktion
nicht gerecht werden. Ein Gesichtsausdruck, ähnlich
dem mysteriösen Lächeln der Mona Lisa. Ana schrak
zurück. Verwandelte sich diese Maske gerade?
Unbegreifliche Anmut. Fasziniert beugte sie sich nach
vorne, um das Schauspiel aus nächster Nähe sehen zu
können, das sich ihr bot. Das Weiß der Maske
wechselte in einen hellrötlichen Farbton, die Lippen
wurden gar blutrot. Schwarze Augenbrauen zeichneten sich ab, wie von Geisterhand auf die Maske
gemalt. In den tiefen Augenhöhlen funkelte es
bläulich. Wunderschön. Keine tote Maske, sondern
lebendige Materie war es. Jemand schien sie begrüßen
zu wollen. Ana konnte nicht widerstehen. Sie musste
ihre Hand ausstrecken, um dieses Gesicht behutsam
zu berühren.

16

»Lange kann ich hier nicht mehr bleiben«, wandte der Kapitän des Schiffs ein.

Der Mann im braunen Anzug, der neben ihm stand, warf einen Blick auf seine Uhr. »15:45 Uhr ist es. Mein Mandant möchte, dass Ihr Schiff bis um 15:50 Uhr an genau dieser Stelle vor der Mühlendammschleuse auf Höhe der S-Bahnstation verharrt.«

»Die anderen werden das nicht witzig finden, wenn ich die Fahrrinne blockiere«, wandte Kapitän Siegfried Kuhn ein.

»Die werden es überleben. Außerdem werden Sie dafür bezahlt«, wiegelte der Mann im Anzug schroff ab. »Fürstlich entlohnt, möchte ich hinzufügen.« Mit strengem Blick schien er jede Bewegung des Kapitäns zu kontrollieren. Kuhn fand diesen gutangezogenen Mann in äußerstem Maße unsympathisch. Er hatte etwas Kaltes, Abstoßendes und Aalglattes. Sein Alter konnte Kuhn nicht einmal schätzen. Vielleicht war er dreißig, vielleicht sechzig. Eine glatte Haut, aber merkwürdig eingefallene Augen. Die Haare schlohweiß, der Blick trüb. Als Václav Schneider von der Anwaltskanzlei von Schwarzenberg aus Prag hatte er sich am Freitag bei ihm vorgestellt. Seitdem war Kuhn etliche Male die Spree rauf- und runtergefahren. Ohne Passagiere an Bord, immer dieselbe lange Tour von Treptow bis nach Spandau.

»Normalerweise hab' ich nichts gegen bezahlte Leerfahrten«, befand er. »Aber ich würd' schon gern wissen, was der Sinn und Zweck ist.«

»Sie bekommen Geld dafür, dass sie keine Fragen stellen«, wandte Anwalt Schneider ein.

»Man darf doch wohl neugierig sein.«

»Wenn es Sie denn interessiert. Ich weiß auch nicht, weshalb wir hier sind«, gab Schneider zu.

»Sie wissen es nicht?«, wunderte sich Kuhn.

»Meine Kanzlei arbeitet schon sehr lange mit diesem Mandanten zusammen. Seine Zahlungen sind überpünktlich. Seine Zuverlässigkeit steht seit Jahrzehnten außer Frage.«

»Ich verstehe«, amüsierte sich Kuhn. »Das heißt, er ist 'ne alte Melkkuh von Ihnen?«

Schneider sah den Kapitän mit durchdringendem Blick an. »Und weshalb sind Sie hier, Herr Kuhn?«, bemerkte er scharfzüngig. »Nicht des Geldes wegen?«

»Is' ja schon gut«, brummte der Kapitän gereizt und hielt das Boot im Strom.

17

Wenn nur diese dunklen Augen nicht wären. Pechschwarz musterten die gewellten, tellergroßen Grausamkeiten Ana unablässig. Beobachteten sie aufmerksam. Hielten sie am Boden. Offenbart hatte sich die getarnte Fratze des Feindes. Erleichterung ebenso wie schauerliche Erkenntnis. Spärlich fiel das Licht durch das kleine Fenster in das Kellergewölbe. Vielleicht war es auch ein Mauerdurchbruch in den alten, meterdicken Backsteinwänden.

Du kriegst mich nicht! Du nicht!

Der fremde Jäger hatte sich seit einer Stunde nicht gerührt. Ließ sich von den letzten Strahlen der Sonne bescheinen, die auf den Boden fielen. Vier Beine hatte die Kreatur, einen zweigeteilten Körper, der wie der Stamm einer Eiche aussah, einen Kopf, der sich kaum vom Körper abhob und zwei mörderische, mit Stacheln bewehrte Fangarme, die sie gepackt hatten. Hypnotisch langsam waren seine Bewegungen. Ana wusste nicht, ob sie wach sein sollte. Ein Gift lähmte sie zweifellos in unzureichendem Maße. Vielleicht war die Dosis des Sedativums zu niedrig. Oder beim letzten Beutezug hatte die Kreatur sein Reservoir aufgebraucht. Wie unvorsichtig es von ihr war, als sie nach der Maske griff, mit der ihr Feind seine Opfer lockte. Und wie dumm. Ana hatte alles mitbekommen. Wie sich das vermeintliche Gesicht teilte und sich die Wahrheit in Form von stachelbewehrten Fangarmen offenbarte. Hineingezogen in den Körper des Jägers, verwahrt zum Transport, ausgespuckt und gelagert in seiner kalten Speisekammer. Aber etwas hatte die Kreatur nicht bedacht.

Mein Baby kriegst du nicht! Mein Baby nicht!

Entgegen aller Wahrscheinlichkeit war Ana schwanger geworden. François' Schläge in den Unterleib hatten ihr nichts anhaben können. Was für ein unfassbar großes Geschenk das Baby für Ana war! Die Pille hatte sie im Alkoholrausch einmal zuviel vergessen. Was für ein unbegreifliches Glück! Sie hätte ihr Baby in der Ukraine bei ihren Großeltern zur Welt bringen können, aber sie wollte, dass es in Deutschland in Freiheit geboren wird. Freiheit! Welch grausames Spiel des Schicksals, sie zur Beute einer feindseligen Kreatur werden zu lassen.

Du hast mich noch nicht kämpfen sehen!

Der Instinkt einer Mutter setzte Energien frei, die nicht für möglich erschienen. Der Instinkt ließ Menschen zu Mördern werden. Warum sollte sie dieses abscheuliche Wesen nicht besiegen? Diese widerwärtige Laune der Natur in Stücke reißen, die sie unablässig mit seinen kalten, toten Augen anstarrte. Seit über einem Jahrzehnt musste die absonderliche Bestie in Berlin sein Unwesen treiben. Hatte so viel Leid über das Leben von unzähligen

Menschen gebracht. Aber ich schlage zurück, war Ana voller Zuversicht. Ich besiege dich! Ich werde dir mein Baby nicht überlassen. Wir sind die Krönung der Schöpfung! Wir, die Kinder Gottes.

Du kriegst uns niemals! Du nicht!

Ana realisierte nicht, dass ihre Beine mehrfach gebrochen waren. Beachtete auch nicht die tiefen Einschnitte in den Wangen. Ana wusste nur, wozu sie noch in der Lage war. Dass sie den Kopf drehen und den rechten Arm bewegen konnte. Mit all der Kraft, die ihr noch zur Verfügung stand. Zudem wusste sie, dass sie nicht das alleinige Opfer war. Jemand lag direkt neben ihr. Eine Frau, an der das fremde Wesen gekostet hatte. Schmatzende, schlürfende Laute waren es gewesen, als sich die Mundwerkzeuge der Kreatur in den Bauchraum senkten. Nackt lag die Frau auf dem erdigen Boden. Nackt wie Ana selbst. Gerade eben hatte das andere Opfer, wie von Krämpfen geplagt, gezuckt. Die Unglückliche war keineswegs tot, sondern wurde bei lebendigem Leib gefressen. Dasselbe Schicksal, das ihr noch bevorstand. Vielleicht konnte Ana der Frau helfen. Oder sie erlösen. Wenn nur diese zwei schwarzen Augen nicht wären, die aussahen wie riesige, pilzähnliche Körper. Wie ein Wesen aus grauer Vorzeit sah die Kreatur aus. Als Baum getarnt, bewegte es sich unsichtbar unter den Menschen. Und mordete unerkannt. Wer wusste schon, wie lange. Blau und rot schimmerte es, wenn Sonnenstrahlen seinen Leib trafen. Fluoreszierende Anmut auf einem ansonsten abstoßend hässlichen Körper, widerte es Ana an.

Du frisst uns nicht! Du nicht!

Ana schöpfte Hoffnung aus der Tatsache, dass Jan den Feind nun kannte. Seiner Hartnäckigkeit allein war es zu verdanken, dass sie der Kreatur auf die Spur kamen, seinem fanatischen Eifer, dass der Serienmörder ein Gesicht bekam. Auch wenn es kein menschliches war. Jan hatte in all den Jahren die Suche nach Monika nicht aufgegeben, war standhaft geblieben, auch wenn das hieß, sein Leben, wie er es bisher kannte, zu opfern. Mit einem Mal schien ihr Jans Besessenheit nicht mehr merkwürdig zu sein, empfand sie seine manische Ader nicht mehr absonderlich. Er wusste, wofür man kämpfen musste. Für die Liebe lohnte sich jedes Opfer.

Jan! Du weißt, wo wir sind! Finde uns! Finde mich und dein ungeborenes Kind, mein Geliebter!

Ana wollte sich vom Rücken auf den Bauch rollen. Mit aller Kraft drückte sie ihren Arm vom Boden ab, während sie den Kopf schwungvoll zur Seite drehte. Eine letzte Anstrengung, dann war es vollbracht. Gebannt sah sie zu der Kreatur hinüber, hielt inne und schnaufte durch. Der Feind schien nicht alarmiert zu sein. Träge schwangen seine Kopfantennen wie Metronome durch die Luft. Ana schleppte sich zu ihrer unglückseligen Nachbarin hinüber, indem sie mit dem Arm den gelähmten

Körper nachzog. Aus unendlich finsteren Augen wurde sie unentwegt angestarrt. Ana senkte ihren Kopf, um diesem grausamen Blick auszuweichen. Nur für ein paar Sekunden. Sie sammelte all ihren Mut, hob den Kopf und stieß die Frau mit der Stirn an. »Wach auf«, flüsterte sie ihr zu. Die Haut der Frau war transparent. Die Blutgefäße zeichneten sich so deutlich ab, als wären sie unter einer Hülle aus Glas. Eine gallertartige Masse schien im Inneren des Körpers Schritt für Schritt die Organe zu verdrängen. Ana pustete der Frau ins Ohr, doch sie rührte sich nicht. Dann hob Ana ihren Kopf. Noch konnte sie nicht erkennen, wer da vor ihr auf dem Boden lag. Sie nahm ihren Arm zur Hilfe, um sich so weit in die Höhe zu stemmen, wie sie nur konnte. Fast ohnmächtig von der schier übermenschlichen Kraftanstrengung blickte sie geradewegs in Frederikes Gesicht. Ana schrie einen kurzen Laut aus, der sich im Kellergewölbe als dumpfe Wehklage verfing. Jämmerliche Gewissheit. So traf sie das Siechtum ihrer Freundin. Doch das Grauen kannte keine Grenzen. Hinter Frederike auf dem Boden lagen noch weitere Körper. Mumifizierte Leichen, ausgelutscht und vergessen. Ein Friedhof jahrzehntelanger Um- triebigkeit des Mörders. Ana konnte nicht mehr. Sie musste ihrer Trauer Ausdruck verleihen, war die Strafe dafür auch noch so hoch. Frederike und die anderen Frauen hier durften nicht unbeweint bleiben. Anas Schreie wandelten sich in ein bekümmertes Jammern. All dieses Elend hier. Wie konnte es so etwas geben? Wer sich diese Grausamkeit ausdenken? Der Kopf der Kreatur bewegte sich zuerst. Die

Antennen schwangen in ihre Richtung, der Körper drehte sich. Die feingliedrigen Füße schoben den massiven Leib mit einem Ruck heran. Die Kreatur richtete sich auf, ließ die verschränkten Fangarme nach vorne fahren, um ihr die Schildrücken zu präsentieren, die ein menschliches Antlitz vortäuschten.

Oh, mein Gott!
Schrei es heraus, Jan! Du weißt, wohin uns diese Ausgeburt der Hölle, dieses widerwärtige Monstrum verschleppt hat. Du weißt, wo wir sind! Jan, mein Geliebter! So schrei es laut heraus!

Das Auseinanderklappen der Fangarme sprengte das Gesicht, die Stacheln sprangen hervor. Ein kurzes Spiel der Überlegenheit, ein tänzelndes Triumphieren über der Beute, dann rammten sich die Fangarme in Anas Körper. Sie wollte mit aller Macht aufschreien, doch es war nur noch ein Seufzen, das aus ihrer Kehle drang.

18

Berlin-Treptow, Plänterwald. Geschlossener Vergnügungspark an der Spree, 16:05 Uhr.

»Die Zitadelle!«, schrie Jan wie von Sinnen, als er mit dem Audi durch das Tor brach. »Es ist die verdammte Zitadelle!!« Die Vorhängekette sprang weg, Metallgitter schlugen mit voller Wucht gegen die Stoßdämpfer und prüften die Windschutzscheibe. Jan kümmerte es nicht. Beschallt von aufgeregtem Hundegekläffe, raste er über das Gelände des Vergnügungsparks. Es war ein wahrhaftig feindseliges Gebell der Wachhunde, das ihm entgegenschlug, und dennoch waren es vertraute Laute. Keineswegs so fremdartig wie das, was er an der Spree gesehen hatte. Von einer Andersartigkeit, die er mit dem Erfahrungsschatz seiner sechsunddreißig Jahre nicht in Einklang bringen konnte. In Sekundenbruchteilen wurde seine Geliebte der Welt entrissen, derartig schnell, dass Jan nicht mehr als eine Ahnung haben konnte, um wen es sich bei dem Angreifer handelte. Schemenhaft die Gestalt, die nach Ana griff und sie ins Wasser zog. Umrisse eines vielgliedrigen Wesens, vage im Eindruck. Wahrhafte Begebenheit oder Trugschluss seiner getäuschten Sinne? Nur eins wusste Jan mit Bestimmtheit zu sagen. Ana war mitsamt dem Angreifer in der Spree untergegangen und nicht mehr aufgetaucht. Was seine Geliebte auch verschleppt haben mochte, konnte unmöglich von menschlicher Natur sein. All das Grübeln, all das

Martern seines Hirns, um wen es sich bei dem phantomhaften Serienmörder handeln und wie man ihm auf die Spur kommen konnte. Die fehlenden Indizien. All das war mit dieser abnormen Erscheinung einer tierischen Kreatur zu erklären.

Jan bremste vor dem Kuppelzelt des ehemaligen Kinos abrupt ab. Es blieb ihm nur wenig Zeit. Er stürmte ins Innere der heruntergekommenen Vorführungshalle und durchforstete die Stapel von Umzugskartons, in denen seine umfangreiche Sammlung von Videomaterial lagerte. Jan zog einen zerfledderten Karton mit der Aufschrift »Jahr 2000, Zitadelle« heraus und ging die darin einsortierten VHS-Kassetten durch. Ein Abdruck seines Gegners musste in seinem Gedächtnis haften geblieben sein. Ein in seinem Unterbewusstsein verfangenes Bild seines Feindes, das er mit dem Filmmaterial abgleichen konnte. Jetzt, wo der Entführer der Frauen kein Unbekannter mehr war, würde er die Filmsequenzen mit anderen Augen sehen. Nun wusste er endlich, wonach er suchen musste. Jan wählte zwei VHS-Kassetten aus. Irgendwo auf diesen Aufzeichnungen sollten sich Hinweise zum Unterschlupf des schattenhaften Wesens befinden. Doch es war mitnichten eine Wohnung, die er aufspüren musste, wie er es so lange Zeit wie selbstverständlich geglaubt hatte, es war das Nest eines Tiers. Nah am Fluss oder einem Kanal ganz in der Nähe der Zitadelle gebaut, wie er glaubte. Jan biss in seine zittrige linke Hand, als wollte er diese dadurch beruhigen. Aufgekratzt war er, entsetzt über das, was mit Ana geschehen war. Andererseits in gewisser Weise auch froh und erleichtert, dass er das anonyme Grauen jetzt mit einer Gestalt verbinden konnte.

Stunden blieben ihm nur, um Ana zu retten. Die Entführung war nicht die Tat eines irren Psychopathen, der am Foltern seines Opfers Lust gewann. Oder eines Vergewaltigers, der über sie herfallen würde. Diese Tat diente nur dem einen Zweck: der Nahrungsaufnahme. Ana war die Fressbeute eines Menschenjägers geworden.

Die Aufgabe, der sich Jan gegenübersah, konnte nicht widersprüchlicher sein. Zuerst musste er kühn und mit Bedacht die Aufnahmen sondieren, um geeignete Verstecke auf dem unübersichtlichen Areal der Zitadelle mit seinen Bastionen, Wassergräben und Wallanlagen zu identifizieren. Sinnlos, Hals über Kopf dorthin zu fahren und sich ohne einen Hinweis auf die Suche zu machen. Tagelange Mühsal ohne die Aussicht auf Erfolg wären die Folge. Der Menschenfresser hatte zweifellos einen Vorsprung. Mit Sicherheit war das Ausflugsboot nicht zufällig in dem Moment vorbeigefahren, als dieser zuschlug. An die Unterkante des Schiffs musste sich die Kreatur als unsichtbarer Passagier angeheftet haben, um zu entkommen.

Der zweite Teil seiner Aufgabe stellte sich als der wesentlich schwierigere dar: die blutige Pflichterfüllung nach der Ouvertüre. Wenn Jan erst den Unterschlupf der Kreatur aufgespürt hatte, musste er in das Nest eindringen und mit aller Härte zuschlagen. Ein Duell auf Leben und Tod, von dem er befürchtete, dass es nicht auf Augenhöhe stattfand. Jan suchte sich aus seinen Vorräten, die er unter blauen, mit Unrat gefüllten Mülltüten verbarg, die geeignete Ausrüstung zusammen. Vorbereitet hatte er sich auf diesen Augenblick seit Jahren. Wie der Teilnehmer einer Expedition aus dem 18. Jahrhundert, der unerschlossene Regionen der Erde bereisen wollte, hatte er Ausrüstungsgegenstände für alle Eventualitäten gehortet. Doch wie konnte er mit diesem Gegner rechnen? In einem Anfall von Zynismus war er zumindest froh, dass es keine Vampire oder Werwölfe waren, die er besiegen musste. Waffen standen ihm zwar reichlich zur Verfügung, aber Silberkugeln und Holzpflöcke gehörten nicht zu seinem Arsenal. Unsicher, wie er dieser Kreatur begegnen könnte, wählte er eine Axt aus. Mit langem Stil, der Aufsatz aus mehrfach gehärtetem Stahl, war sie von der Art, wie sie von Feuerwehrleuten zur Brandbekämpfung genutzt wurde. Jan verstaute sie zusammen mit seiner Walther-Pistole und diversen Ausrüstungsgegenständen in einer großen Sportumhängetasche. Er hatte die Stunde der Wahrheit seit so langer Zeit herbeigesehnt, die Konfrontation mit dem Serienmörder tausendfach durchgespielt und dennoch fühlte er sich von der Wucht des Moments überwältigt. Allein die Routine war es, die ihn vorantrieb. Was erwartete ihn? Keine Zeit, sich Gedanken zu machen. So oder so. Die Zitadelle war vor fünfzehn Jahren der Ausgangspunkt und dort würde es enden. Auf die eine oder andere Art.

»Gelände um die Königsbastion«, stand auf den Etiketten der zwei VHS-Kassetten, die er vor so langer Zeit beschriftet hatte. Jan erinnerte sich an die Zeit nach dem Verschwinden von Monika. Die erfolglose Suche in den Wäldern der Wallanlagen. Wie aus einer anderen Epoche schien ihm die Aufzeichnung auf den Magnetbändern zu sein. Altertümliche und sperrige Technik, hinfällig geworden und aus der Zeit gefallen. Dann traf es ihn wie einen Schlag. Es gab keinen VHS-Recorder, mit dem er die Aufnahmen abspielen konnte. Einige Bänder der Anfangszeit hatte er zwar digitalisiert, aber nicht diese Aufnahmen von der Umgebung der Zitadelle. Diese schrecklichen auf VHS-Material gebannten Fragmente der Vergangenheit hatte Jan seit Ewigkeiten nicht abgerufen. In den hintersten Winkel seines Archivs hatte er sie verbannt, so sehr fürchtete er sich vor der quälenden Auffrischung der Erinnerungen an dieses verhängnisvolle Picknick zu den Füßen der Königsbastion.

»Warum bretterst du so durch'n Park?«, fragte ihn eine träge Stimme.

Jan riss erschrocken den Kopf herum. Karl Denker hatte sich in seinem verschmutzten Blaumann unbemerkt von hinten angenähert. Der Schrotthändler lebte inmitten von Altmetallhaufen in einem ausrangierten Campingwagen in unmittelbarer Nähe.

»Ich hab jetzt echt keine Zeit, Karl«, versuchte Jan, ihn loszuwerden. In seinen Augen war der träge

Mann mit seinem grobschlächtigen Körper nur ein gutmütiger Trottel.

»Du sollst mich doch ,K‘ nennen«, sprach Denker den Initialen seines Vornamens englisch aus. »Das klingt cooler.«

»Verdammt! Ich muss das hier irgendwo abspielen«, erwiderte Jan, ohne auf seine Bitte einzugehen und hielt ihm eine der VHS-Kassetten hin.

»Muss ja ’n toller Film sein«, staunte Denker. »Wenn du dafür ’n Auto zu Schrott fährst.«

»Irgendwo muss ich ’nen Player auftreiben«, entgegnete Jan geistesabwesend.

»Didi und Stulle sind stinksauer«, warnte Denker. »Wenn die dich zwischen die Finger kriegen. Mannomann. Da möcht’ ich nich’ in deiner Haut stecken.« Er schüttelte die Hand in der Luft, als hätte er sich verbrannt.

»Diese beiden Komiker haben mir gerade noch gefehlt«, giftete Jan. »Scheiß Security.«

»Das Tor haben sie erst repariert«, wusste Denker.

»Ich hab’ den VHS-Recorder beim scheiß Umzug vergessen«, fluchte Jan aufgebracht, ohne dass ihn die Wachleute interessierten. »Kannst du dir das vorstellen?«

»Nö«, erwiderte Denker. »Ich hab’ achtzehn Dinger davon.«

»Was hast du?«, war Jan verblüfft.

»Außerdem ziehe ich nicht so oft um wie du«, fügte Denker hinzu.

»Meinst du, dass ich das Band bei dir abspielen kann oder was?«, fragte Jan erregt.

»Nur wenn ich mitgucken darf«, schränkte Denker ein.

»Mitgucken?«, wunderte sich Jan.

»Will wissen, was das für'n toller Film is', wa?«, bekannte Denker unschuldig.

»Dann lass uns sofort zu dir, verdammt!«, drängte Jan und schob Denker in Richtung des Ausgangs.

*

Im Campingwagen des Schrottsammlers.

Die Drop-out-Rate der alten VHS-Aufnahmen war hoch. Immer wieder liefen schwarze Streifen über das Bild des alten Röhrenfernsehers, den Denker in seinem Wohnwagen stehen hatte. Aus unterschiedlichen Blickwinkeln aufgenommen, waren auf den Filmsequenzen die Waldabschnitte zu sehen, welche die Zitadelle jenseits des Wassergrabens umgaben. Jan sah die Aufnahmen des kahlen Märzwaldes nicht zum ersten Mal. Jetzt aber wusste er, nach welchen Strukturen er zu suchen hatte. Einem Wesen, das sich als Baum tarnte, dazu hochbeweglich und vielgliedrig war wie ein Insekt.

»Wat suchst'n?«, fragte Denker, der die Aufnahmen des Wäldchens in andächtiger Stille betrachtete.

»'N Baum ...«, brummte Jan vor sich hin, die Augen gebannt auf den Fernseher gerichtet.

»Baum?« Denker runzelte die Stirn.

»Ja, genau, Baum«, rechtfertigte sich Jan. »Aber keinen gewöhnlichen. Einen, der sich bewegt. Eine Baumkreatur eben. Ein riesiges vielleicht ... äh ...

Insekt ... ja ... was weiß denn ich; eben lang und dick, aber irgendwie auch dünn und jedenfalls gefährlich. Mit kurzem Stamm, vielleicht zwei Meter groß. Oder drei, wenn es sich streckt.«

»Wie dit Monsterding von Gottesanbeterin, die da rumsteht?«

»Gottesanbeterin?«, verstand Jan nicht, wovon Denker sprach.

»Na, da.« Denker spulte das Band um eine Minute zurück bis zu einem Kameraschwenk von der Königsbastion hin zu einer vorgelagerten Festungsanlage. Dann stellte er auf Standbild um. »Dit Ding hier.«

»Wovon zum Teufel redest du nur?«, realisierte Jan noch immer nicht, was Denker entdeckt hatte. Dieser stand auf und ging zum alten Röhrenfernseher vor. »So wie der Brummer, der da rumsteht«, sagte er mit einem Fingerzeig auf das Standbild.

Jan schüttelte verständnislos den Kopf. Für ihn war es nur ein Wäldchen voller Bäume. Stamm neben Stamm, einer wie der andere. Buchen, Eichen, Linden, Kiefern, vertraute Pflanzen. Jan erkannte nichts Auffälliges. »Was meinst du nur?

»Siehst du das fette Vieh echt nicht?«, amüsierte sich Denker.

Die Stirn gerunzelt, angestrengt auf das Standbild starrend, schüttelte Jan den Kopf. War es wie bei einem dieser Kippbilder, bei dem sich die Umrisse einer Vase in zwei Gesichter verwandelte, wenn man nur lange genug hinsah?

Denker nahm einen Filzschreiber zur Hand und zeichnete auf dem Fernseher die Konturen des

Wesens nach, das er identifiziert hatte. Jan war sprachlos. Unter all den Stämmen, Zweigen und Ästen gut verborgen, hatte Denker etwas aufgespürt, welches der Form nach dem Wesen gleichkam, das vor einer Stunde mit Ana in der Spree abgetaucht war. Nun erkannte auch Jan wie selbstverständlich die Umrisse der Kreatur. Sie sprangen ihm förmlich ins Auge, als wäre es das Einfachste auf der Welt. Ein kalter Schauer lief ihm über den Rücken. Die stabförmigen Beine ausgestreckt, hatte die Kreatur seinen Körper an eine alte Eiche angeheftet, als wäre dieser ein Ast. Ohne die geringste Ahnung von der Natur des Mörders zu haben, hätte er damals selbst zum Opfer werden können. Am oberen Ende eines in die Länge gezogenen Körpers musste der Kopf sitzen, vermutete Jan. Zwei Strukturen, als Baumpilze getarnt, mochten die Augen sein. Die starken Arme, mit denen es Ana gefangen hatte, hingen wie abgeknickte Äste herunter. Alles war überdeutlich. »Wie machst du das nur?«, wunderte sich Jan, dass Denker gelungen war, was ihm verwehrt blieb.
»Wat?«
»Wie hast du das Ding nur erkannt? Ich meine, es ist doch eigentlich gut getarnt.«
»Nö«, widersprach Denker. »Dit steht da dumm im Wald rum.«
Jan dämmerte, dass Denker eine außergewöhnliche Fähigkeit zur Wahrnehmung seiner Umwelt haben musste. »Dieser Haufen von Auspuffen da draußen«, begann er, den Schrottsammler zu prüfen, »wenn ich dir jetzt sage, hol' mir den Auspuff von 'nem Golf 2, Baujahr 1989, raus. Kannst du das?«

»Der unter dem neun'siebziger Opel Manta und über dem sieben'achtziger Mercedes 190, neben dem ein'achtziger Audi 80?«

Jan fühlte sich mit dem bestätigt, was er vermutete. Offenbar hatte Denker von jedem einzelnen Auspuff auf dem Haufen ein Bild in seinem Gedächtnis, wahrscheinlich führte er in seinem Kopf gar ein Register aller Metallteile, die dort draußen lagerten.

Jan ließ die Aufzeichnung weiter laufen. Als Minuten später eine Filmsequenz des Ravelins der Zitadelle zu sehen war, der als äußerer Schildwall zwischen der Königsbastion und der Nordwest-Bastion lag, brauchte es nur den Fingerzeig von Denker, dass Jan verstand. Der Baumstamm, der scheinbar im Wasser trieb, war das Wesen, das eben noch mit der Eiche verschmolzen zu sein schien. Wie zufällig schwamm es auf die von einem Wasserkanal umschlossene Festungsanlage zu und tauchte vor der Backsteinmauer unter. Jan spulte zurück, drückte auf die Pausetaste und fotografierte das Fernsehbild mit seinem Smartphone ab, um den Zugang zum Nest später leichter identifizieren zu können. »K?«, fragte er dann.

»Ja?«

»Warum machst du nicht mehr aus dir? Ich meine, du hast doch so viel mehr auf der Pfanne.«

Wie meinst'n dat?«, verstand Denker nicht. »Bin doch glücklich hier.«

»All der Schrott? Ich meine ... ich bitte dich«, erwiderte Jan verständnislos. »Überleg' doch, was du erreichen könntest mit deinem Grips.«

»Wat? Mir jeht's doch jut hier. Allet hat seine Ordnung. Ich zähl' die Teile jeden Tag durch. Und die sind immer da. Jedes an seinem Platz. Und ich bin auch da. Mitten drinne.«

Jan klopfte Denker anerkennend auf die Schulter. »Weißt du, dass du mir unendlich geholfen hast? Das vergesse ich dir nie.« Dann schulterte er seine Sporttasche und rannte nach draußen zum Auto. Über die Stadtautobahn A100 ging es quer durch die Stadt, dann den Siemensdamm und die Nonnendammallee entlang. Wie auch immer der Verkehr sein mochte, Jan würde die Strecke in Rekordzeit bewältigen.

19

Im Nest der Kreatur.

Ana schlug mit voller Kraft zu. All der Wille, den sie ihrem Körper noch zu entlocken vermochte, all die Entschlossenheit, die sie in sich spürte, ließ sie in ihren rechten Arm fließen. Immer wieder hieb sie auf die als Eichenrinde getarnten Schneidewerkzeuge des insektenähnlichen Tiers ein, die sich, bewehrt mit rasiermesserscharfen Zähnen, in ihre Haut schneiden wollten. Ein Sekret floss aus dem Maul der Kreatur heraus – schleimiger und übel riechender Sabber. Begleitet von schmatzenden und schlurfenden Lauten, schnellten zwei schlangenförmige Zungen hervor, um gierig das auflecken zu können, was die Enzyme und aggressiven Säuren in dem Sekret aus dem Opfer herauslösten.

So darf es nicht enden!

Wie zwei dunkle Monde waren die Augen der Kreatur zu Ana herabgestiegen. Schwarze, ölige Körper. Für Ana die grausamen Bestandteile eines tödlichen Firmaments. Ihr Hass auf die Kreatur war abgrundtief. Das Wesen beugte sich dicht über ihren Kopf, als wollte es nachsehen, woher der Widerstand kam. Niemals zuvor hatte es einen Kampf gegeben, immer war die Beute in der Speisekammer gelähmt geblieben.

Hundertfach spiegelte sich Anas entsetztes Gesicht in den Facettenaugen der Kreatur. Sie hieb mit der Faust auf ihr eigenes Spiegelbild ein, sah die Wut in ihrem Antlitz, die Verzweiflung und die Anstrengung. Dann hämmerte sie auf den Oberkiefer ein, griff nach dem Chitinmantel und drückte diesen mit schier unbändigem Willen von sich weg. Kein Laut der Kreatur, nur das Knacken einer brechenden Panzerplatte. Irritiert schreckte das Wesen zurück. Wie in einem Putzritual gefangen, wischte es wieder und wieder mit seinen Fangarmen über die verwundete Stelle am Maul, bis die Chitinplatte des Oberkiefers unversehens abbrach. Aufgebracht und verunsichert zugleich fuhr das Wesen seine Fangarme aus, faltete sie und präsentierte Ana die zum Gesicht zusammengefügten Schildrücken. Blutrot bot sich die Maske mit den menschlichen Zügen dar. Ana spuckte einmal voller Verachtung auf das vorgetäuschte Gesicht aus, bevor dieses auseinandersprang und die Fangarme in einer peitschenden Bewegung ihren Hals umfassten. Der Blutfluss zu ihrem Gehirn wurde unterbunden, die Halsschlagadern schwollen an. Ein kurzes Aufstöhnen, dann blieb Ana die Luft weg. Noch aber war ihr Lebenswille nicht erloschen. Fanatisch schlug sie auf das Wesen ein. Mal traf sie die Fangarme, mal den Kopf, dann wieder die Augen. Bald schon waren es nur noch kraftlose Schwünge durch die Luft, die ihr Ziel nicht mehr fanden. Zuckend und fahrig, als dirigierte Ana ihren eigenen Todeskampf. Irgendwann erschlaffte ihr Arm vollends und sank zu Boden.

Mein Baby! Mein Baby kriegst du niemals! Du Bastard!

In einer verzweifelten Kraftanstrengung, erfüllt vom nackten, ursprünglichen Instinkt, ihr Baby zu retten, ließ Ana den Rest ihrer Lebensenergie in den Arm fließen. Ein letztes Aufbäumen, ein allerletztes Brennen der Muskeln. Ana bekam eine der beiden Zungen zu greifen, die ihren mit Schürf- und Schnittwunden gezeichneten Bauch ableckte. Mit einer rudernden Bewegung rieb sie die Zunge an der Zahnreihe des Unterkiefers der Kreatur. Von den Waffen des eigenen Körpers aufgeschnitten, schnellte die Zunge zurück und das Wesen suchte mit einem gewaltigen Sprung das Weite.

Ana brauchte mehr als eine Stunde, um sich zu erholen. Immer wieder verlor sie das Bewusstsein. Sie tastete ihren Bauch ab. Es war ein schleimiger Brei, den sie erfühlte. Darunter aber schien die Haut weitgehend intakt zu sein. Ihrem Baby musste es gut gehen. Sie hatte keine Schmerzen, nur ein Druckgefühl in ihrem Hals. Mit den Fingern zog sie drei Stacheln heraus, die sich von den Fangarmen der Kreatur gelöst hatten. Aus den Augenwinkeln beobachtete sie aufmerksam ihren angeschlagenen Gegner, der sich in eine Ecke des Kellergewölbes zurückgezogen hatte. Eins seiner vier Beine war zur Seite weggebrochen, eine Antenne am Kopf abgeknickt, die Kieferplatten der Mundwerkzeuge waren zerfetzt. Die Kreatur war sichtlich gezeichnet, doch schienen es nicht allein die Spuren des Kampfes mit ihr zu sein. Irgendetwas anderes setzte dem Wesen offenbar viel mehr zu. Und Ana wurde sich bewusst, dass ihr Feind vor ihren Augen verendete. Nur deshalb hatte dessen Gift sie nicht vollständig gelähmt, nur deshalb hatten sich dessen Zähne nicht durch die Haut schneiden können. Jedoch verstand Ana nicht, warum dieser Prozess in Gang gekommen war.

Die Kreatur schleppte sich zu der Stelle des Kellergewölbes, die von Licht beschienen wurde, dann knickten seine verbliebenen drei Beine weg, und es brach zusammen. Beschienen von der Märzsonne, fluoreszierten Cyanobakterien innerhalb feiner Kanäle des Chitinpanzers. In Symbiose lebten diese sauerstoffproduzierenden Bakterien mit ihrem Wirt und glichen dessen Makel aus, keine Lungen zu besitzen.
Ausgelaugt und vollkommen entkräftet war Ana und dennoch konnte sie sich der Faszination des farbigen Lichtspiels nicht entziehen. Es stand so ganz und gar im Gegensatz zu der Brutalität der aus Chitinpanzern bestehenden Kreatur. Keine abstoßende Härte, sondern anmutige Schönheit bot sich ihr dar. Die Fluoreszenz auf dem Körperpanzer der Kreatur fluktuierte, flammte noch einmal auf, wechselte ein letztes Mal vom Blauen ins Rote, um dann endgültig zu erlöschen.

Ana atmete erleichtert auf. Sie spürte ein Kribbeln in ihrem linken Arm, als erwachte dieser langsam aus einem Schlaf. Sie versuchte, ihn zu bewegen, doch noch hielt die Lähmung an. Wie nur sollte Ana sich aus dem Kellergewölbe ohne Hilfe befreien? Nackt war sie und wusste nicht, wo ihre Kleidung lag. Wenn doch nur ihr Smartphone in der Nähe wäre. Oh Jan, dachte sie flehentlich, wo bist du nur, mein Geliebter? Plötzlich knackte es. Es war ein lautes, energisch klingendes Geräusch. Kein zufälliges Ereignis. Etwas Unerhörtes passierte gerade, drang Ana unmittelbar ins Bewusstsein vor. Sie ließ den Kopf zur Seite schnellen und betrachtete voller Entsetzen, was geschah. Die große Körperhöhle der Kreatur hatte sich geöffnet und zwei Fangarme stülpten sich hervor. Diese waren wesentlich kleiner als diejenigen, die Ana zugesetzt hatten. Nicht graubraun gefärbt wie die Rinde eines Baumes, sondern strahlend weiß stellten sie sich dar. Wie elastische Bänder richteten sie sich auf. Ein Kopf hob sich aus dem Spalt, zwei Antennen entfalteten sich. Zuletzt kamen der Leib und ein Paar Flügel zum Vorschein. Jetzt endlich verstand Ana, welchem Schauspiel sie gerade beiwohnte. Und diese Gewissheit ließ sie zutiefst erschaudern.

20

Wallanlage westlich der Zitadelle Spandau.

Von einem Wasserkanal vollständig umschlossen, war der Ravelin nur schwer zugänglich. Fernab der Touristenströme lag die vorgelagerte Befestigungsanlage. Abseits und ein wenig vergessen, die dicken Backsteinmauern bewachsen von Bäumen und Sträuchern. Es gab keine sichtbaren Zugänge in das Innere des Bollwerks. Jan fiel es nicht leicht, anhand des Fotos auf seinem Smartphone den Abschnitt der Anlage zu identifizieren, vor dem die Kreatur abgetaucht war. Dort irgendwo unter der Wasseroberfläche musste der geheime Eingang zu seinem Nest liegen. In den letzten fünfzehn Jahren war der Ravelin mehr und mehr zugewachsen. Efeu und wilder Wein rankten sich auf den Mauern, Bäume trieben ihre Wurzeln immer weiter durch den roten Stein. Jans Hände waren schwitzig. Nur mit Mühe hatte er sich in seinen Neoprenanzug zwängen können. Immerhin war ihm niemand in das abseits gelegene Wäldchen am Wasserkanal gefolgt, zeigte er sich erleichtert. Zeugen konnte er nämlich keine gebrauchen. Jan zog die Flossen an, schulterte das Atemgerät, schnallte sich einen Gürtel um und hängte seine Axt in eine Schlaufe. Die Pistole verstaute er in einer Plastiktüte, bevor er sich diese um den linken Knöchel schnürte. Warum nur hatte die Kreatur in diesem Jahr schon zum zweiten Mal zugeschlagen? Jan fand keinen Grund, weshalb das

Wesen sein Vorgehen ausgerechnet jetzt änderte. Mit Panzerklebeband fixierte er Metallstangen an seinen Unterarmen. Sie sollten ihm Schutz vor den Fängen der Kreatur bieten.

*

Im trüben Wasser war kaum etwas zu sehen. Mehrmals tauchte Jan auf, um sich zu vergewissern, dass er an der richtigen Stelle der wuchtigen Mauer aus rotem Backstein war, dann tauchte er wieder unter. Er ertastete etwas Ungewöhnliches mit seinen Händen. Glatt und rund. Vielleicht der Zugang zu einem Abwasserkanal. Ohne etwas zu sehen, schwamm er in das Rohr hinein. Die Druckflasche rieb am Stein, so eng war es im pechschwarzen Schlund. Mit den Armen arbeitete er sich voran, die Flossen als Anschub einsetzend. Das Rohr neigte sich leicht nach oben, dann tauchte er aus dem Wasser auf. Wie ein Kampfschwimmer erhob Jan sich lautlos, entledigte sich der Brille, schnallte die Sauerstoff-flasche ab und zog die Flossen aus. Auf dem Terrain der Kreatur wollte er sich zum Kampf stellen. Ein Vorteil für seinen Gegner.

Jan holte seine Pistole aus der Plastiktüte und schob sie unter die Gürtelschnalle. Mit der Axt in der Hand schritt er durch ein etwa sechs Meter hohes Kellergewölbe, das sich entlang der Befestigungs-mauer des Ravelins erstreckte. Dutzende Metallsäulen stützten die Decke. Eine künstlich geschaffene Halle, nachträglich in das Bollwerk aus der Renaissance geschlagen. Alles wirkte provisorisch und in großer Eile angelegt. Mancherorts tropfte an Stalaktiten das mineralhaltige Wasser herunter. Nur wenig Licht. Keine Fenster, aber dünne Schlitze im Mauerwerk. Die Taschenlampe mochte Jan dennoch nicht anschalten. Nur keine Aufmerksamkeit erregen. Die Kreatur war womöglich in der Nähe. Wenn sie ihn nicht längst beobachtete. Ein Meister der Tarnung war das Wesen zweifellos, dachte Jan. Knackende Laute, die im Säulengewölbe verhallten. Woher auch immer sie kommen mochten.

An einer Querstrebe waren Garderobehaken angebracht. Ein Mantel hing dort, dazu ein merkwürdiger Hut, ähnlich einem altertümlichen Zylinder. Zudem schwarze Handschuhe, die bis zu den Ellenbogen gezogen werden konnten. Es waren Fäustlinge, die keine Ausformungen für die einzelnen Finger hatten. In einem Regal stand ein betagtes Radio: ein *Volksempfänger* aus den Dreißigern. Dazu ein altmodisches Grammophon, eine Sammlung verschiedener Tonbandgeräte moderneren Datums und gut zwanzig Bücher, vom Roman bis hin zum Sachbuch. Doch das war nicht alles. Vor Jan waren Stühle im Kreis aufgestellt, Jacken und Mäntel über die Stuhllehnen gehängt. Ein modriger Geruch stieg ihm in die Nase. Auf den Sitzflächen der Stühle drapiert waren Handys, Ringe, Armreife, Halsketten und Ohrschmuck. Als Jan verstand, was all das zu bedeuten hatte, wurde sein Herz schwer. Jeder Stuhl repräsentierte zweifellos ein Opfer. Die Habseligkeiten waren gewissenhaft angeordnet worden, als handelte es sich um eine ritualisierte Kulthandlung. Wer sollte so etwas tun? Die Kreatur? Aber warum? Den Schaft der Axt fest umklammert, atmete Jan tief durch. Der Hass musste sein Unbehagen vergessen machen. Und die Urangst verdrängen, die er tief in seinem Inneren verspürte. Wie es den ersten Menschen wohl ergangen war, wenn sie in die Dunkelheit der Nacht blickten? Unheimliche Laute fremder Wesen hörten und nicht wussten, ob sie die nächsten Stunden überlebten? Sollte Jan nach der Halskette mit dem Herzen suchen oder dem Ring, den er Monika geschenkt hatte? Er senkte den Kopf. Nur nicht den Mut verlieren. Warum sammelte diese verfluchte Kreatur Andenken? Er warf einen Blick auf den Mantel. Der Anzug war zu groß für einen Menschen. Es konnte nicht sein! Und was hatten die langen Handschuhe zu bedeuten? Sollte etwa diese Kakerlake dazu in der Lage sein, Kleidung zu tragen?

Die persönlichen Sachen der Ermordeten hinter sich lassend, jederzeit zum Schlag mit der Axt bereit, schritt Jan weiter durch das Säulengewölbe. Eine Glasscherbe bohrte sich durch die Ferse seines nackten Fußes, doch es kümmerte ihn nicht. An der Außenmauer des Ravelins klaffte in fünf Metern Höhe ein Loch. Sonnenstrahlen fielen auf eine Stelle am Boden, an der etwas Großes lag. Ein glänzender Körperpanzer, dunkle Augen, mörderische Fangarme. Ein heiliger Schauer überkam Jan. Endlich war der Tag der Abrechnung gekommen.

Unter schrillem Brüllen rannte er auf die Kreatur zu und hieb wie wild mit der Axt auf sie ein. Das Metall schnitt sich durch den Chitinpanzer, sprengte den Kopf, zertrümmerte die Facettenaugen. Herausspritzende Körperflüssigkeit, knackende Laute. All seine aufgestaute Wut, all seine Verzweiflung bahnten sich den Weg nach draußen. Mit jedem Schlag befreite Jan sich mehr von seinen unerträglichen Qualen. Jeder Hieb war begleitet von Triumphgeschrei.

Oh, wie ich die verfluche, du verdammte Kakerlake! All mein Hass, nur für dich!

Jan schnitt die Beine ab, zerhackte die Fangarme, gab sich nicht damit zufrieden, dass er den Rumpf dreiteilte. Trümmerstücke eines längst verendeten Lebewesens, und es war noch immer nicht genug. Eine schier endlose Abfolge von hasserfüllten Schlägen auf die Kreatur. Zerstückelte Körperteile, die sich in die Erde bohrten.

Radiere dieses Scheusal aus! Tilge diesen Abschaum von der Erde!

Keuchend, vollkommen außer Atem sank Jan auf die Knie. Als sein Oberkörper nach vorne kippte, stützte er sich mit der Hand am Boden ab, um nicht zu kollabieren. Ein Geräusch ließ ihn aufhorchen. Nur ein Flüstern. Die vertraute Stimme einer Frau. »Von oben«, warnte Ana ihn.

21

Es war das Gesicht eines jungen Schweins. Ein Frischling, ganz in Weiß. Wie ein Relief aus Marmor. Voller Anmut, wunderschön anzusehen. Den Kopf in den Nacken gelegt, betrachtete Jan gebannt die tierische Maske, als wäre sie ein Gemälde. Die soeben geschlüpfte Kreatur hatte sich mit seinen Beinen an der Decke des Gewölbes festgekrallt und präsentierte Jan im Fallenlassen die zusammengeklappten Schildrücken mit dem Antlitz der tierischen Beute, die sie in den ersten Jahren ihres Lebens schlagen würde. Fünf Verwandlungen hatte das Wesen vor sich, bis die letzte Metamorphose der Jungkreatur die endgültige Gestalt verleihen sollte. Und noch etwas anderes würde am Ende der Wegstrecke warten: das Geschenk des Bewusstseins.

Jan hatte keine Zeit zu reagieren. Die Fangarme spreizten sich, kurz bevor die Kreatur aufschlug. Ein stechender Schmerz durchfuhr seinen Körper. Noch nicht ausgehärtet war der Panzer der juvenilen Kreatur, noch nicht starr genug der Chitinüberzug. Nur wenige Stacheln vermochten sich gleichermaßen durch das Neopren des Taucheranzugs wie in die Haut zu bohren. Jan merkte, dass sein Herz langsamer schlug, als sich das Gift in seinem Blutkreislauf verteilte. Ein lautes, monotones Pochen. Aber die geringe Dosis konnte ihn nicht lähmen. Verzweifelt krallte sich die Kreatur mit den Mund- werkzeugen in seinem Nacken fest und versuchte, sich durch das Neopren zu schneiden. Jan ließ sich zu

Boden fallen und rollte sich ab. Mit seinem gesamten Körpergewicht drückte er die Kreatur in den schmutzigen Grund. Diese zappelte mit all seinen Gliedern, fuchtelte mit den Beinen umher, schüttelte ihren Körper. Panisch versuchte das Wesen, seine Fänge aus Jans Körper zu ziehen, doch die Stacheln eines Fangarms blieben im Neopren stecken. Jan drückte blitzschnell die Metallstange an seinem Unterarm auf eins der chitingestärkten Gelenke und wälzte sich, den Fangarm noch im Rücken, auf das obere Gliedmaß ab. Als sich die Kreatur mit einem energischen Sprung an die Wand katapultierte, riss sie sich selbst den Fangarm heraus. Aufgeregt und zutiefst beunruhigt krabbelte das Wesen an der Mauerwand hoch. Unerfahren wie es war, hatte es sich eine zu große Beute ausgesucht. Es orientierte sich zur Maueröffnung hin, stellte seine Flügel auf und ließ diese mehrmals schlagen. Die Flucht war für die Kreatur die einzige Möglichkeit zu überleben.

»Was ist mit deinem Rendezvous, mein Schätzchen?«, rief Jan höhnisch, während er sich den abgebrochenen Fangarm aus dem Rücken zog. Voller Adrenalin fühlte er keinen Schmerz. »Willst du mich einfach so sitzenlassen?« In einer fließenden Bewegung griff Jan nach der Pistole, entsicherte sie, zielte und schoss das Magazin leer. Die ganzen fünfzehn Patronen. Zuletzt schleuderte er der Kreatur voller Verachtung die Pistole entgegen. In Rumpf, Flügel und Kopf getroffen, fiel das Wesen von der Wand. Jan stürzte sich auf dessen zuckenden Körper und begrub ihn, begleitet von den knackenden

Lauten eines brechenden Chitinpanzers, unter sich. Hämolymph-Flüssigkeit spritzte in Jans Gesicht, ohne dass es ihn kümmerte. Im Todeskampf fuchtelte die Jungkreatur mit ihrem verbliebenen Fangarm umher. Die wütenden Schläge aber fanden kein Ziel. Wie ein Reiter setzte sich Jan rücklings auf das Wesen, griff nach dessen Kopf und drehte ihn um hundertachtzig Grad nach links, dann um hundertachtzig Grad nach rechts. Fünfmal wiederholte er die Prozedur, bis der Widerstand der Kreatur gebrochen war. Mit einem Ruck zog er den Kopf heraus und trennte ihn vom Körper. Reflexartig warf der Torso Jan ab. Ohne die willensgebende Kraft eines Verstandes sprang der kopflose Körper an die Außenwand, krallte sich mit seinen vier Beinen fest und verfiel dort in eine Starre. Triumphierend hielt Jan den Kopf der Kreatur vor sein Gesicht, um die Facettenaugen aus nächster Nähe betrachten zu können. »Wenn du deinen Körper suchst – der ist da hinten«, spottete er. Dann legte Jan den Kopf der Kreatur am Boden ab, wobei er die Augen sorgfältig auf den Torso ausrichtete.

»Hilfe«, stöhnte Ana wie aus dem Nichts. Jan drehte sich ruckartig um. Das zynische Lächeln verschwand augenblicklich aus seinem Gesicht. Hinweggefegt von Kummer und Sorge. Mit offenem Mund betrachtete er seine Geliebte. Wie sie nackt und wehrlos am Boden lag, schwer gezeichnet von den Attacken der Kreatur. Er konnte es kaum ertragen, sie so leiden zu sehen. Fast brach ihm das Herz. Jan stieß einen tiefen Seufzer aus und hielt sich die Hand vor den offenen

Mund. Das Elend kannte keine Grenzen. Aufgereiht wie in einer Leichenhalle lagen die anderen Opfer hinter Ana. Ausgesaugt, jeder Flüssigkeit beraubt, wie Mumien. Und Jan wusste, welcher der unkenntlich gewordenen Körper der von Monika war. Als Erster in der Reihe, ganz am Anfang. Überwältigt vom Augenblick sprach Jan sich selbst Mut zu. Er musste jetzt für Ana da sein. Stark sein. Sie durfte sein inneres Beben nicht spüren. Bekümmert kniete er sich neben seine Geliebte hin und hob sie behutsam vom Boden auf. Übersät war ihr Leib von Abschürfungen und punktförmigen Löchern, die von den Stacheln der Kreatur stammten. Die Haut an den Einstichstellen transparent, als löste sie sich auf. »Ich habe dich so sehr verletzt. Es tut mir so unendlich leid«, bat Jan sie um Verzeihung. Er strich Ana zärtlich über die Wange, dann drückte er seinen Kopf ganz sanft an den ihren. »Ich habe dich angesprochen, weil du so wie Monika aussiehst«, flüsterte er ihr zu. In den Armen wog er sie, in unendlicher Dankbarkeit, dass sie noch am Leben war. »Aber ich bin geblieben, weil du Ana bist. Ana mit einem ‚n‘.«
Die Angesprochene hob ihre rechte Hand und tätschelte seinen Nacken. »Du wirst Papa, Jan«, hauchte sie ihm kraftlos, aber voller Gefühl zu. »Wir müssen unser Baby retten, Jan.«

22

Zwei Monate später. 29. Mai 2015, Berlin-Friedrichshain. Strausberger Platz, Wohnung der Heinzmanns, 14:20 Uhr.

Ihr rechtes Bein nachziehend, humpelte Ana auf Krücken aus dem Fahrstuhl. Eingeklemmt im Fangsack der Kreatur, war ihr Körper einem immensen Druck ausgesetzt gewesen. Oberschenkelknochen und Schienbein waren mehrfach gebrochen, dazu kamen Frakturen an den Händen und den Unterarmen, Rippenbrüche, eine Quetschung der Lunge und massive Abschürfungen am Oberkörper. Gezeichnet, aber voller Energie kämpfte sich Ana eisern ins Leben zurück. Trainierte ihre Muskeln, verbesserte jeden Tag in stundenlanger Physiotherapie ihre Beweglichkeit, biss die Zähne zusammen, wenn der Schmerz sie überkam. Alkohol und Schmerzmittel waren für sie tabu, ohne dass sie es als lästige Pflicht ansah. Das Allerwichtigste war, dass es ihrem Baby gutging. Seit der letzten Ultraschalluntersuchung wusste sie, dass es ein Junge werden würde. Beträchtlich gewölbt war ihr Bauch bereits.

Äußerst schwach war sie in den ersten vier Wochen nach der Entführung gewesen, in denen sie ans Bett gefesselt war. Anfangs wussten die Ärzte nicht, ob sie sich je erholen würde. Unbekannt war das Gift, das die Kreatur ihr injiziert hatte, nicht untersucht seine

Auswirkungen auf den menschlichen Körper. Hauttransplantationen hatten die Löcher verheilen lassen, die sich an den Einstichstellen der Fangarme bildeten. Die Gewebsuntergänge, wie die Mediziner es ihr kühl erklärten, konnte man aber nur abwartend verfolgen, Entzündungen unterdrücken und Infektionen vorbeugen. Es waren Wochen der Unsicherheit und Angst gewesen, ob die Wirkung des Toxins auch Auswirkungen auf ihr Baby haben würde. Dann, als die Ärzte eines Tages zur Visite kamen, gaben sie vorsichtig Entwarnung. Für Ana wie ein göttliches Geschenk.

Mehrmals bekam Ana im Krankenhaus Besuch von Frau Pfister. Endlich hatte Monikas Mutter Gewissheit über das Schicksal ihrer Tochter. Dankbar war sie, dass sie Monika nach fünfzehn aufzehrenden Jahren in Würde beerdigen konnte. Orte für ihre Trauer kannten nun auch all die Angehörigen der anderen Opfer. Diesen Frieden wünschte sich Ana auch für Frederikes Mann. Anas Freundin war eine Woche, nachdem sie ins Krankenhaus eingeliefert wurde, gestorben. Multiorganversagen, wie die Ärzte sagten. Zu schwer waren ihre Verletzungen gewesen, als dass noch Hilfe möglich war. Die Gabe von Morphium, um ihr die letzten Tage zu erleichtern, mehr hatten die Mediziner nicht für sie tun können.

Nach einem achtwöchigen Aufenthalt war Ana aus dem Krankenhaus entlassen worden. Mit dem Taxi hatte sie sich quer durch Berlin fahren lassen, jede rote Ampel wie eine neue Erfahrung wahrgenommen, jedes Hupen als wunderbare Abwechslung vom Krankenhausalltag empfunden, jedes saftige Grün als Kontrapunkt zur kalten, sterilen Umgebung in der Charité erlebt. Gierig saugte sie all die Eindrücke in sich auf, als erlebte sie diese zum ersten Mal. Das Fenster des Autos heruntergekurbelt, ließ sie sich den milden Fahrtwind übers Gesicht wehen. Und allmählich verdrängte der berauschende Duft der Blumen und Bäume den beißenden Geruch der Desinfektionsmittel in den Räumen der Klinik. Wenn doch nur diese eine Sache nicht zu erledigen wäre, verfinsterten sich ihre Gedanken. Wie ein schwarzer Fleck lag diese Pflicht auf ihrer Seele. Ana konnte nicht ewig fliehen. Sie musste dieses Kapitel ein für allemal abschließen.

Notger Reinhardt trat einen Schritt auf Ana zu und wollte ihr unter die Arme greifen, doch mit einem Lächeln lehnte sie ab. Der Polizeidirektor begleitete Ana zu ihrer Penthousewohnung am Strausberger Platz, falls François dort auf sie wartete. Sie schüttelte sich innerlich. »Ich werde dir den Bastard aus dem Leib schneiden, du verdammte Hure«, hörte Ana in grausamem Echo ihrer Erinnerungen das, was ihr François auf dem Krankenbett im Beisein einer Schwester zugeflüstert hatte. Mit einem breiten Grinsen und einem Blumenstrauß in der Hand. »Du wirst diesen Bastard nicht bekommen. Niemals.« In den acht Wochen hatte François sie nur einmal besucht, um diese eine Botschaft zu überbringen. Ana wusste, dass er es ernst meinte. Todernst. Sie holte ihren Schlüssel aus der Tasche und gab ihn Notger, damit dieser für sie die Haustür öffnen konnte. Ana hatte ihm die Wahrheit über François' Misshandlungen gebeichtet und ihm dessen Drohung offenbart. Notger hatte sich sofort angeboten, sie zu begleiten, wenn sie ihre persönlichen Gegenstände aus der Wohnung holen wollte. Nur einmal würde Ana noch ihr einstiges Luxusgefängnis betreten, bevor sie die kleine Zweizimmerwohnung in Lübben bezog.

Zu Anas Kummer war Jan heute nicht ins Krankenhaus gekommen. Ihr Geliebter hatte in den ersten Wochen nächtelang am Bett gesessen und ihre Hand gehalten, zärtlich ihren Bauch liebkost. Manchmal hörte sie sein bekümmertes Schluchzen, wenn sie unversehens in der Nacht wach wurde. Sobald er glaubte, dass sie es mitbekam, spielte er ihr Stärke vor. François war nicht verborgen geblieben, wer der Vater ihres Babys war. Ana stand zu ihrer leidenschaftlichen Affäre. Vor einer Woche hatte François Jan vor dem Krankenhaus abgepasst und ihn zusammengeschlagen. Mit gebrochener Nase und drei ausgeschlagenen Zähnen war ihr Geliebter tags darauf ans Krankenhausbett gekommen. Ihr Band zu Jan war in den letzten Wochen stärker und stärker geworden. Unzertrennlich waren die beiden. Ohne Jan hätte Ana es nicht aus dem Kellergewölbe der Zitadelle geschafft. Allein seinem Mut und seiner Hartnäckigkeit hatte sie es zu verdanken, dass sie noch am Leben war. Auf einer Trage hatten die Rettungskräfte Ana durch das Loch in der Mauer des Ravelins bugsiert. Der Dunkelheit entrissen, wurde sie in einem Boot an Land befördert. Jan hatte die ganze Zeit neben ihr gesessen und ihre Hand gehalten. Abgewimmelt hatte er Tage später die Reporter, die das Krankenhaus belagerten. Sensationssüchtig wollten diese alle Details erfahren von dem fremden Wesen, das in Berlin so lange mordete und anscheinend auch in anderen Städten jahrzehntelang sein Unwesen trieb. Vermisstenfälle in ganz Deutschland und Österreich wurden neu aufgerollt; München, Frankfurt und Wien rückten in den Fokus. Fantasie und Wirklichkeit, in reißerischen Artikeln miteinander verwoben. »Die Schöne und das Biest«, hatte eine Boulevardzeitung gar getitelt. Warum nur war Jan nicht ins Krankenhaus gekommen, um sie abzuholen?

»François?«, rief Notger in die Penthousewohnung. Die Tür war nur zugezogen, nicht abgeschlossen. »Wir kommen jetzt rein!«, kündigte er an. »Bleib am besten hier, während ich nachsehe«, sagte Notger an Ana gewandt.
Diese nickte unsicher. »Wenn er ... du weißt ... er kann mich ...«
»Ich rede mit ihm«, beruhigte Notger sie.
Ana wartete vor der Tür. Minutenlang. Nichts rührte sich. Sie vernahm keine Stimmen, die auf ein Gespräch hindeuteten. Keine Geräusche von Türen, die geöffnet wurden. »Notger?«, rief sie irgendwann verunsichert in die Wohnung. »Was ist los?« Der Polizeidirektor antwortete ihr nicht. Vorsichtig stieß Ana die Tür auf und lugte in den Flur. Sie konnte bis in das Wohnzimmer blicken, einen Teil des

Panoramafensters sehen. »Notger?«, wiederholte sie. Dann ging Ana vorsichtig durch den Flur und warf einen Blick in die Küche. Eine offene Pizzaschachtel lag auf der Küchenzeile, zwei vertrocknete Pizzastücke darin. Leere Bierdosen, in Müllbeuteln gesammelt und vor dem Kühlschrank abgestellt. Ein Zettel mit einer handschriftlich verfassten Botschaft hing an der Pinnwand:

»Noch eine Kakerlake weniger.«

Ana!«, rief Notger wie aus dem Nichts durch die Wohnung. »Wo bist du?«

»Hier!«, erwiderte sie.

Notger stürmte in die Küche. Besorgt war sein Gesichtsausdruck, aufgeregt und fahrig die Bewegungen. »Es ist etwas Schreckliches passiert«, brachte er außer Atem hervor. »Etwas ganz Furchtbares. Im Schlafzimmer ... ich weiß gar nicht, wie ich es sagen soll ... François ... er ... jemand hat ihn ... hat ihn erschlagen.«

Wie erstarrt stützte sich Ana auf ihre Krücken. Tausend Gedanken sollten ihr durch den Kopf schießen, doch es war eine bleierne Schwere, die sie körperlich wie geistig gleichermaßen ergriff. Meilenweit weg fühlte sie sich. Als betrachtete sie sich aus weiter Ferne wie eine Fremde, ohne einen Einfluss auf das Geschehen zu haben.

»Ich kümmere mich um alles«, bot Notger an und legte fürsorglich eine Hand auf ihre Schulter. »Du musst jetzt erstmal hier weg. An einen sicheren Ort. Überlass mir den Rest.«

In diesem Moment platzte Hauptkommissar Brunner herein. Mit gezogener Pistole stellte er sich vor die beiden. Als er den Polizeidirektor erkannte, senkte er seine Waffe.

»Was machen Sie denn hier?«, wunderte sich dieser.

»Ich hab' Stimmen gehört«, erklärte Brunner, während er seine Pistole im Holster verstaute.

»Ich meine, was wollen Sie hier in der Wohnung?«, präzisierte Notger seine Frage. »Ich hab' noch nicht mal in der Direktion angerufen.«

»Jan Gebhardt hat sich gestellt«, erklärte der Hauptkommissar. »Er hat gestanden, François Heinzmann ermordet zu haben.«

»Verstehe.« Die Stirn gerunzelt, nickte der Polizeidirektor. »Das Opfer liegt im Schlafzimmer.«

»Was zum Teufel macht Heinzmanns Frau denn hier?«, wunderte sich Brunner. Verachtung lag in seiner Stimme. »Und was machen Sie ...?«

»... ich begleite Frau Heinzmann«, griff Notger der Frage vor. »Sie ist gerade aus dem Krankenhaus entlassen worden.«

»Die steckt doch mit Gebhardt unter einer Decke«, argwöhnte Brunner.

»Sie vergessen sich!«, maßregelte der Polizeidirektor ihn.

Obwohl Anas starrer Blick es nicht vermuten ließ, löste sie sich gerade aus ihrer Teilnahmslosigkeit, und ihr Verstand fokussierte sich auf die zukünftigen Aufgaben. Unbemerkt von Notger und dem Hauptkommissar nahm Ana Jans Zettel von der

Pinnwand und steckte ihn in die Hosentasche. Sie wollte alle Beweisstücke vernichten, die ihren Geliebten zusätzlich belasteten. Fest würde sie bei der Gerichtsverhandlung an seiner Seite stehen, François' Brutalität mit jedem Detail schildern, den Mord als unausweichliche, von ihrem Ehemann provozierte Tat im Affekt darstellen. Eine Notwehrhandlung, mit der Jan seine eigene Haut rettete. Und die seines Kindes. Unvermeidbar war der Kampf zwischen den beiden gewesen. Und Jan der Sieger des Duells. Ana war die Frau, die ihn gewählt hatte. In diesem Leben. Sie strich über ihren runden Bauch. »Wir werden deinen Papa im Gefängnis besuchen«, flüsterte Ana ihrem ungeborenen Baby zu. Was waren schon zehn oder fünfzehn Jahre? Kam es nicht darauf an, füreinander einzustehen? Genau das hatte Jan getan. Weder die hohen Mauern, noch die Wachen waren ein Hindernis für zwei Menschen, die füreinander bestimmt waren. In diesem Leben würde Ana zu Jan halten. In diesem Leben würde sie die Frau sein, die ihm verzieh. Nichts gab es, das zwischen ihnen lag. Nichts, was sie trennte. Jan hatte sich geopfert, um sie und ihr Baby von François zu befreien. Vielleicht hätte Ana angewidert sein sollen von der Gewalt, mit der er vorging. Vielleicht hätte sie ihn verachten müssen, dass er sie belogen hat. Doch dem war nicht so. Jan hätte sein Leben für seine Jugendliebe Monika gegeben, war sich Ana bewusst. Und so würde er auch für sie und den Kleinen da sein, wenn die Zeit gekommen war.

Epilog

Für das seltsame Lebewesen, das sich Flos Baumann nannte, bedeutete die Erfüllung seines Lebenstraums Sinn und Untergang.

Fünf Metamorphosen hatte es hinter sich, als es sich im Alter von 50 Jahren 1836 seiner selbst bewusst wurde. Es ermordete als Heranwachsender die Tiere des Waldes und als Erwachsener schließlich Männer und Frauen, nutzte die Möglichkeiten der Technik des industriellen Zeitalters, um zwischen seiner menschlichen Beute zu wandeln und, verhüllt durch Kleidung und unter Vorgabe einer entstellenden Krankheit, mit ihr zu kommunizieren.

Die Geschlechtshormone seiner weiblichen Opfer aber, auf die es sich im Jahre 2000 beschränkte, setzten in dem zwittrigen Wesen einen unwiderruflichen Prozess in Gang. Das neue Leben, welches es gebar, brachte ihm selbst den Tod. Als sein Chitinpanzer aufbrach, spürte es erstmalig etwas, wonach es sich sein ganzes Leben lang gesehnt hatte. Mit dem Kosmos vereint, in vollkommenem Glück, starb das Wesen. Erfüllt von einer tiefen Liebe zu seinem Nachwuchs, der es von innen langsam verzehrt hatte.

Ein herzliches **Dankeschön** geht an alle, die mich bei der Veröffentlichung des Thrillers unterstützt haben, allen voran meine wunderbare Crew: Ingo, Michael, Sylvia und Ilona. In Gedenken an meine liebe Mutter Ursula Krepinsky und meinen lieben Vater Fritz Krepinsky.

Ein besonders herzlicher Gruß geht an meine Lovelybooks-Runden! Es ist immer ein Vergnügen mit euch!

Wie immer gebührt mein großer Dank allen Leserinnen und Lesern, die mir als unabhängigen Autor ihr Vertrauen geschenkt haben.

In Erinnerung an Franziska Pigulla, die diesen Roman mit so viel Herzblut vorgetragen hat.

Einen lieben Gruß an die Mitarbeiterinnen und Mitarbeiter von »Milch und Zucker«, »Codos«, »Haferkater«, »Boxi« und die anderen Cafés in Berlin, in denen ich mich zum Schreiben rumgetrieben habe. SomaFM Dronezone ist und bleibt die beste musikalische Untermalung beim Schreiben. Hört mal rein!

Wenn ihr Fragen und Anregungen habt oder Kritik loswerden wollt, schreibt mir:
info@karstenkrepinsky.de
Gerne könnt ihr mich auch über Instagram oder Facebook kontaktieren. Der Austausch mit euch liegt

mir am Herzen. Eure Rückmeldungen sind willkommen.

Alles Liebe und Gute für euch!

Karsten Krepinsky
Berlin, im März 2024

Weitere Bücher von mir:

Für alle, die dystopische Sci-Fi-Thriller mögen:
New Berlin (2023)

Für alle, denen ein 30-Minuten-Psychothriller über die Corona-Pandemie nicht zu lang ist:
Die Krone und das Mädchen (2020)

Für alle, die Psychothriller mit einem Hauch Sci-Fi mögen:
Blutroter Schleier (2019).

Für alle, die »Akte X« und »Das Parfum« mögen:
Spreeblut (2017): Ein Mystery-Thriller mit einem Serienkiller der besonderen Art.

Für alle geeignet, die düstere Zukunftsvisionen mögen:
Berlin 2039. **Der Tod nimmt alle mit** (2016): Ein hard-boiled Noir-Thriller.

Für alle, die schwarzen Humor mögen:
Die sechsteilige **ISombie-Reihe** (eine subversive Zombie-Satire): Angriff der ISombies (2015), Rückkehr der ISombies (2016), Bekehrung der ISombies (2016), Wiedergeburt der ISombies (2016), Geheimnis der ISombies (2018), Vermächtnis der ISombies (2018).

Für alle, die Geduld aufbringen und sich auf eine Geschichte einlassen können:

Nomadenseele (2015): Ein dystopischer Alternativ-welt-Thriller.

Für alle, die düsterer, experimenteller Literatur nicht abgeneigt sind:
Nicht die Welt (2011): Eine postapokalyptische Reise in die Abgründe der menschlichen Seele.

www.karstenkrepinsky.de